国际大奖小说
纽伯瑞儿童文学奖银奖

桥下一家人

[美] 纳塔莉·萨维奇·卡尔森 / 著
[美] 盖斯·威廉姆斯 / 绘
王宗文 / 译

天津出版传媒集团
新蕾出版社

图书在版编目（CIP）数据

桥下一家人/（美）卡尔森（Carlson,N.S.）著；（美）威廉姆斯（Williams,G.）绘；王宗文译
—天津：新蕾出版社，2011.4（2025.7重印）
（国际大奖小说）
书名原文：The Family Under the Bridge
ISBN 978-7-5307-5097-1

Ⅰ.①桥…
Ⅱ.①卡…②威…③王…
Ⅲ.①儿童文学-中篇小说-美国-现代
Ⅳ.①I712.84

中国版本图书馆CIP数据核字(2011)第035056号
THE FAMILY UNDER THE BRIDGE by Natalie Savage Carlson and pictures by Garth Williams
Text copyright © 1958 by Natalie Savage Carlson
Text copyright renewed © 1986 by Natalie Savage Carlson
Pictures copyright © 1958 by Garth Williams
Pictures copyright renewed © 1986 Garth Williams
Simplified Chinese translation copyright © 2004 by New Buds Publishing House
Published by arrangement with HarperCollins Children's Books
ALL RIGHTS RESERVED
津图登字：02-2002-231

出版发行：新蕾出版社
http://www.newbuds.com.cn
地　　址：天津市和平区西康路35号(300051)
出 版 人：马玉秀
电　　话：总编办(022)23332422
　　　　　发行部(022)23332351　23332679
传　　真：(022)23332422
经　　销：全国新华书店
印　　刷：天津新华印务有限公司
开　　本：880mm×1230mm　1/32
字　　数：50千字
印　　张：3.5
版　　次：2011年4月第1版　2025年7月第61次印刷
定　　价：20.00元

著作权所有，请勿擅用本书制作各类出版物，违者必究。
如发现印、装质量问题，影响阅读，请与本社发行部联系调换。
地址：天津市和平区西康路35号
电话:(022)23332677　邮编:300051

前言

一辈子的书

梅子涵

亲近文学

一个希望优秀的人,是应该亲近文学的。亲近文学的方式当然就是阅读。阅读那些经典和杰作,在故事和语言间得到和世俗不一样的气息,优雅的心情和感觉在这同时也就滋生出来;还有很多的智慧和见解,是你在受教育的课堂上和别的书里难以如此生动和有趣地看见的。慢慢地,慢慢地,这阅读就使你有了格调,有了不平庸的眼睛。其实谁不知道,十有八九你是不可能成为一个文学家的,而是当了电脑工程师、建筑设计师……可是亲近文学怎么就是为了要成为文学家,成为一个写小说的人呢?文学是抚摸所有人的灵魂的,如果真有一种叫作"灵魂"的东西的话。文学是这样的一盏灯,只要你亲近过它,那么不管你是在怎样的境遇里,每天从事

怎样的职业和怎样地操持,是设计房子还是打制家具,它都会无声无息地照亮你,使你可能为一个城市、一个家庭的房间又添置了经典,添置了可以供世代的人去欣赏和享受的美,而不是才过了几年,人们已经在说,哎哟,好难看哟!

谁会不想要这样的一盏灯呢?

阅读优秀

文学是很丰富的,各种各样。但是它又的确分成优秀和平庸。我们哪怕可以活上三百岁,有很充裕的时间,还是有理由只阅读优秀的,而拒绝平庸的。所以一代一代年长的人总是劝说年轻的人:"阅读经典!"这是他们的前人告诉他们的,他们也有了深切的体会,所以再来告诉他们的后代。

这是人类的生命关怀。

美国诗人惠特曼有一首诗:《有一个孩子向前走去》。诗里说:

有一个孩子每天向前走去,

他看见最初的东西,他就变成那东西,

那东西就变成了他的一部分……

如果是早开的紫丁香,那么它会变成这个孩子的一

部分；如果是杂乱的野草，那么它也会变成这个孩子的一部分。

我们都想看见一个孩子一步步地走进经典里去，走进优秀。

优秀和经典的书，不是只有那些很久年代以前的才是，只是安徒生，只是托尔斯泰，只是鲁迅；当代也有不少。只不过是我们不知道，所以没有告诉你；你的父母不知道，所以没有告诉你；你的老师可能也不知道，所以也没有告诉你。我们都已经看见了这种"不知道"所造成的阅读的稀少了。我们很焦急，所以我们总是非常热心地对你们说，它们在哪里，是什么书名，在哪儿可以买到。我就好想为你们开一张大书单，可以供你们去寻找、得到。像英国作家斯蒂文生写的那个李利一样，每天快要天黑的时候，他就拿着提灯和梯子走过来，在每一家的门口，把街灯点亮。我们也想当一个点灯的人，让你们在光亮中可以看见，看见那一本本被奇特地写出来的书，夜晚梦见里面的故事，白天的时候也必然想起和流连。一个孩子一天天地向前走去，长大了，很有知识，很有技能，还善良和有诗意，语言斯文……

同样是长大，那会多么不一样！

自己的书

优秀的文学书,也有不同。有很多是写给成年人的,也有专门写给孩子和青少年的。专门为孩子和青少年写文学书,不是从古就有的,而是历史不长。可是已经写出来的足以称得上琳琅和灿烂了。它可以算作是这二三百年来我们的文学里最值得炫耀的事情之一,几乎任何一本统计世纪文学成就的大书里都不会忘记写上这一笔,而且写上一个个具体的灿烂书名。

它们是我们自己的书。合乎年纪,合乎趣味,快活地笑或是严肃地思考,都是立在敬重我们生命的角度,不假冒天真,也不故意深刻。

它们是长大的人一生忘记不了的书,长大以后,他们才知道,原来这样的书,这些书里的故事和美妙,在长大之后读的文学书里再难遇见,可是因为他们读过了,所以没有遗憾。他们会这样劝说:"读一读吧,要不会遗憾的。"

我们不要像安徒生写的那棵小枞树,老急着长大,老以为自己已经长大,不理睬照射它的那么温暖的太阳光和充分的新鲜空气,连飞翔过去的小鸟,和早晨与晚间飘过去的红云也一点儿都不感兴趣,老想着我长大

了,我长大了。

"请你跟我们一道享受你的生活吧!"太阳光说。

"请你在自由中享受你新鲜的青春吧!"空气说。

"请你尽情地阅读属于你的年龄的文学书吧!"梅子涵说。

现在的这些"国际大奖小说"就是这样的书。

它们真是非常好,读完了,放进你自己的书架,你永远也不会抽离的。

很多年后,你当父亲、母亲了,你会对儿子、女儿说:"读一读它们,我的孩子!"

你还会当爷爷、奶奶、外公和外婆,你会对孙辈们说:"读一读它们吧,我都珍藏了一辈子了!"

一辈子的书。

The Family Under the Bridge

目录
桥下一家人

第一章	奇遇	1
第二章	桥下相识	10
第三章	去见圣诞老人	20
第四章	街头卖唱	29
第五章	搬家	39
第六章	在吉卜赛营地	52
第七章	参加圣诞晚会	62
第八章	警察来了	72
第九章	开始新生活	84

The Family Under the Bridge

第一章

奇 遇

从前,有一个上了年纪的流浪汉,名叫阿曼德,他一直住在巴黎,因为,他不喜欢巴黎以外的任何地方。

阿曼德所有的家当都可以放在一个没有车篷的婴儿车里推走,所以他既不必担心交不起房租,也不用害怕被小偷光顾。他把所有的破烂衣服都穿在身上,所以更不需要大衣箱或者干洗剂。

对他来说,从一个藏身的洞穴搬到另一个地方很容易。12月的一天,快到晌午时,他正在搬家。天很冷,灰蒙蒙的天空笼罩着巴黎,但是阿曼德并不介意,因为他有一种异样的感觉,好像今天会有一件新的、激动人心的事情发生。

他一边推着手推车穿过巴黎圣母院大教堂旁边的花市,一边哼着一支欢快的曲子。这些花儿使他想到,虽然现在还没有到严冬,但是已经离温暖的春天不远了。

在花摊儿前面的厚木板上,挤放着几盆枯萎的风信

子和郁金香。在大锡桶里插着一些粉红色的康乃馨和夹竹桃。最引人注目的是挂有红色果实的一束束冬青枝、挂有白色果实的一簇簇槲寄生和一株株绿色的小杉树,因为圣诞节马上就要到了。

阿曼德眼很尖,他一眼就看到一堆从花摊儿上吹落的断树枝和枯萎的花儿。花摊儿上面写着"阿纳贝尔"这样的名字,旁边站着一个矮胖的女人,她的蓝围裙露在毛衣外套儿下面。阿曼德用他那黑色的贝雷帽碰了她一下。

他敢肯定这个女人就是阿纳贝尔,于是便对她说:"沾你的光,感谢你慷慨相助,夫人。"他把断树枝放在手推车里的东西上面,然后小心翼翼地从垃圾堆里挑了一根干冬青枝,把它插在撕裂的扣眼儿里。他想看看今天还有什么令他高兴的奇遇在等待着他。

他推着手推车向吕德科西嘉走去,那个可能叫阿纳贝尔的女人皱着眉头不解地看着他。他拖着脚步慢悠悠地走过这座古老的建筑物,然后就推着手推车朝塞纳河远处的支流方向走去。

当他走到巴黎圣母院前面的广场时,一只手从后面抓住了他。

"先生,给你算算运气吧。"一个悦耳的声音在他耳边响起,"今天你会有一个奇遇。"

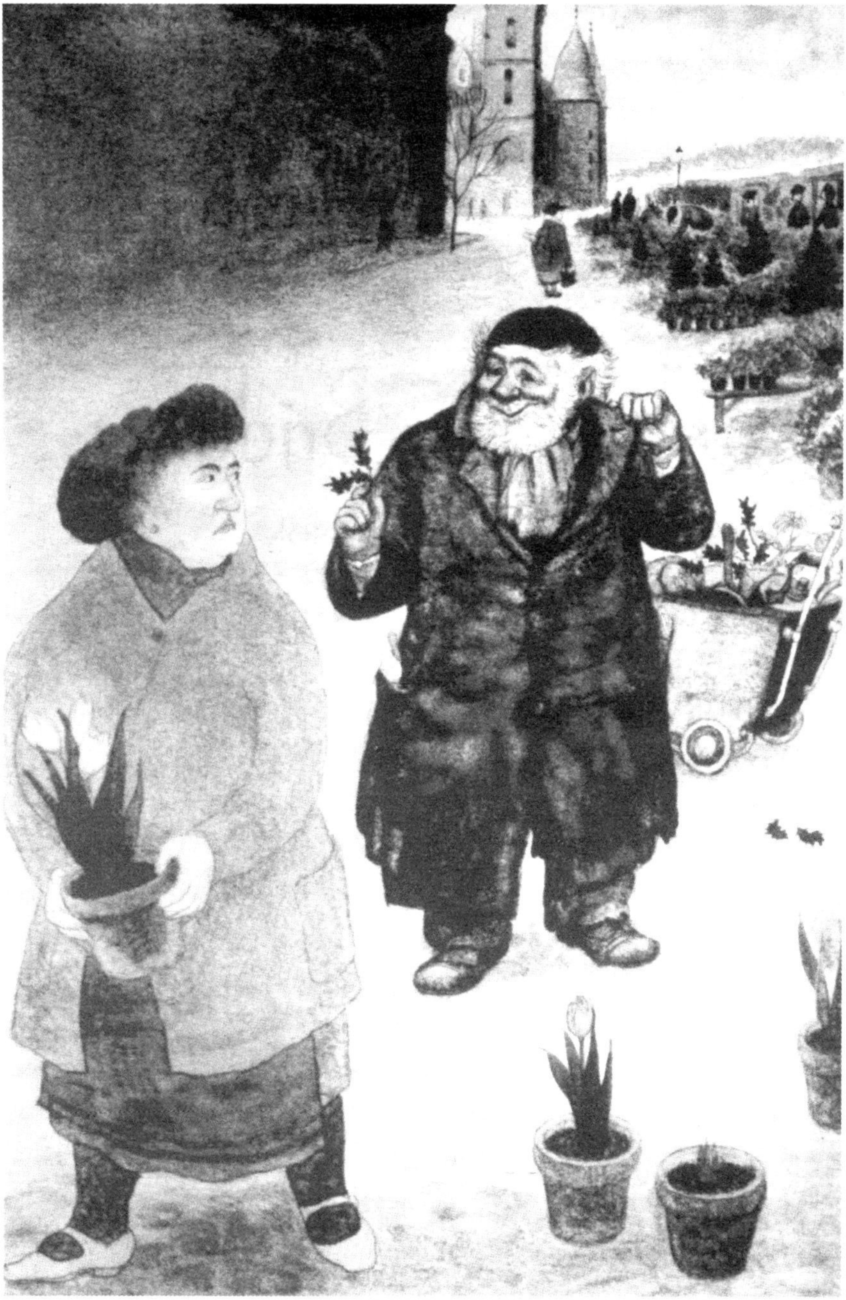

阿曼德把手从手推车的车把上松开,迅速转过身来,看到一个穿着短裘皮外套儿和肥大花裙子的吉卜赛女人。

他咧开嘴朝她笑了笑。"是你,米勒里。"他向她问候说,"你们打算回巴黎过冬吗?"

这个吉卜赛女人脸色黝黑,头上围着围巾。她微微一笑,像个时髦女郎似的反问道:"难道有谁不是一直在巴黎过冬?你怎么这么早就到街市上去了?"

阿曼德穿着一件几乎拖到脚面的长外套儿,他耸耸肩回答说:"对我来说住在桥底下的确有点儿偏僻,可我已经受够了莫贝特宫那拥挤的角落和狭窄的街道。我讨厌为那些垃圾商捡破旧衣服了。我打算去见识一下你所说的奇遇。"

米勒里理解他的处境。她说:"虽然去我们住的地方路不太远,也不太难走,可是我们租的院子像个笼子,不过那些男人们已经找到了不少冬天做的活儿。像巴黎这样餐馆遍布的城市有太多的罐子和盘子需要修补。当然,孩子们除了谈论春天的田野和树林以外,也没什么好谈的。"

"我可受不了孩子。"阿曼德发牢骚说,"他们像八哥儿似的,愚昧无知,喊喊喳喳,令人厌烦。"

米勒里朝他摆摆手说:"虽然你认为你不喜欢孩子,

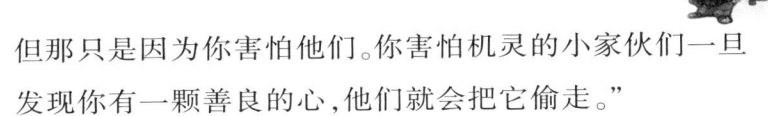

但那只是因为你害怕他们。你害怕机灵的小家伙们一旦发现你有一颗善良的心,他们就会把它偷走。"

阿曼德嘴里咕哝着,两只手又抓住了手推车的把手。米勒里一边挥手示意他走开,一边摇摇晃晃地把光着的脚挤进那双失去了光泽的银色拖鞋。"如果你不想再在那座桥下住,你可以来和我们住在一起。"她邀请他说,"我们住在海利斯外面——工人们正在那里拆除奇迹大院附近的大楼。"

阿曼德迈着沉重的脚步径直走过黑压压、光秃秃的树林,走过河边的教堂,对眼前的东西连看一眼的兴趣都没有。

在拱扶垛后面的绿色公园里,一些街头流浪儿正在那儿闲逛。其中有两个正在玩决斗游戏,另一个年龄较小的一边大口吃着苹果,一边在旁边观看。两个击剑手伸出假想的剑,在对方面前挥舞着。两人握紧拳头,离得越来越近,然后都忘记了他们假想的剑,开始猛击对方。

当阿曼德走过去的时候,他们停止了那个决斗游戏。一个孩子对他的游戏伙伴喊道:"瞧那个滑稽的老流浪汉!"

阿曼德环顾四周,因为他也想看看那个滑稽的老流浪汉。开始他以为他们一定是说那个戴着黑色帽子、穿着肥大裤子的滑稽的路易斯。后来他才意识到他们所说

的那个滑稽的老流浪汉原来就是指他。

他厉声喝道:"小家伙,你说话礼貌点儿!"他拨弄着翻领上的冬青枝。"如果你不反对,我就把你的粗鲁言行告诉我的朋友圣诞老人。到那时你除了能得到像我手推车上的这些东西以外,别的什么也得不到!"

那个男孩怯生生地望着他。他知道,阿曼德所说的圣诞老人就是法国的圣克劳斯(圣诞节前夕给小孩子送礼物的人)。他听大人们说,圣诞老人驾着雪橇来给孩子们送圣诞礼物。

那个小男孩拿出他吃剩的半个苹果问道:"你饿吗,先生?你愿意吃剩下的这半个苹果吗?"

但是那个较大的男孩不屑一顾地挥挥拳头说:"呸!根本就没有什么圣诞老人。那只是个虚构的人物。"

阿曼德礼貌地说:"如果你怀疑我的话,你只要去罗浮宫商店看一下就明白了。你会在底楼与二楼之间的夹层楼面上找到他。"

阿曼德像一尊大教堂里奇形怪状的雕像一样咧嘴而笑。其实真的没有圣诞老人,那是他的朋友卡米拉。随着天气变冷,圣诞节临近,卡米拉到商店里帮助促销。

"我相信你,先生。"拿苹果的男孩说,"昨天在商店外面我看见了圣诞老人,他在街上吃栗子。"

阿曼德耸耸肩,快步朝大桥走去。米勒里说得对:如

果你不把你的心藏好,这些八哥儿就会偷走你的心。而他可不想与孩子们有任何关系。他们意味着家庭、责任和固定的工作,这些正是他很早以前就抛弃了的一切。他现在正在寻找奇遇。

过几个街区有一座桥,天气不太冷时他就住在桥下面。他在巴黎有好多无家可归的伙伴,到了夏天就与他们在一起,立上木桩,划出界线,声明这个地方或者那个地方是自己的地盘儿。

"可我必须先吃饭。"看着街道对面的餐馆,他心里想。他舔了舔大拇指,然后竖起大拇指赞叹道:"味道真不错!"他决定先吃饭。

于是他把手推车放在矮墙下,享受着从餐馆飘来的香味儿。他把所有来自餐馆的香味儿都深深地吸进鼻子里。"哦,还有木炭上烤的牛排。"他垂涎欲滴,说,"酱汁也挺好。可是他们把土豆烤得有点儿煳。"

阿曼德在路边坐了两个小时,享受着从餐馆飘来的香味儿,因为这是法国人吃午餐的最长时间。

然后他用袖口很讲究地擦了擦他那胡子拉碴的嘴,慷慨地说道:"服务员,不用找了,零钱你在圣诞节时用得着。"虽然眼前根本就没有穿着白色制服的服务员。

他迈步走下台阶,沿着街道向塞纳河畔的码头走去。他每走一步,手推车的后轮就在台阶上蹦一下。"我

吃得真饱。"他自言自语地说,"但是要是能吃了那个苹果就更好了。在吃了这样的美味之后,那一定是非常可口的水果。"

他推着手推车来到码头,然后朝着通向沙滩的桥洞走去。在圆石砌成的码头,有一个人正在用流淌着的塞纳河河水洗车。一个穿着裘皮大衣的女人正牵着她的长卷毛狗散步。一艘很大的豪华游艇像黑色的海豹一样从河中游过。阿曼德想,这就像离家很久的人回到家中一样。在一座巴黎的桥下,任何激动人心的事情都有可能发生。

当他靠近桥的时候,他既惊讶又生气,他看到在一直属于自己的地盘儿上,有人支起了一顶灰色的帆布帐篷。在柱子旁边停着一辆市场里用的手推车。

他推着他的手推车,穿过圆石路,朝着拱桥快步走去。当他到那儿的时候,他伸出手,胳膊一挥,扯倒了帐篷。然后他惊恐地跳了回去。

"哎呀!"他叫道,"八哥儿!一个住满八哥儿的窝!"

三个受到惊吓的孩子正蜷缩在一床破烂的被子里,用像他一样吃惊的眼神看着他。那个小女孩和那个小男孩哆哆嗦嗦地缩进被窝儿里。但是那个年龄较大的女孩很快跳了起来。她长着一双敏锐的蓝眼睛,与她那带点儿傲气的下巴、鼻子以及红色的头发很相配。

"你不能把我们赶走!"她握着拳头喊道,"我们要待在一起,因为我们是一家人,而一家人必须待在一起,这是妈妈说的。"

第二章

桥下相识

当阿曼德盯着孩子们看的时候,一只本应是白色的粗毛狗奔到码头。它在阿曼德和孩子们之间跳来跳去,还对着阿曼德狂叫,似乎怕他伤害了孩子们。阿曼德把手推车转了一下,挡在他和狗之间。

"如果狗咬我,我就告你们,让你们赔偿我一万法郎!"阿曼德叫道。

那个女孩把狗叫到身边。"过来,乔乔!过来,乔乔!他不会把我们赶走。他只是个老流浪汉。"

狗停止了狂叫,用鼻子嗅了嗅阿曼德的手推车后轮。

阿曼德感到受了侮辱。"我要让你们知道我可不是什么老流浪汉。"他说,他以前不是。"我并非没有朋友。如果我愿意,我现在可能是个工人。但是你们的父母在什么地方?你们在躲避什么人?躲避警察?"

他仔细地观察这些孩子。他们长着红头发,衣服不

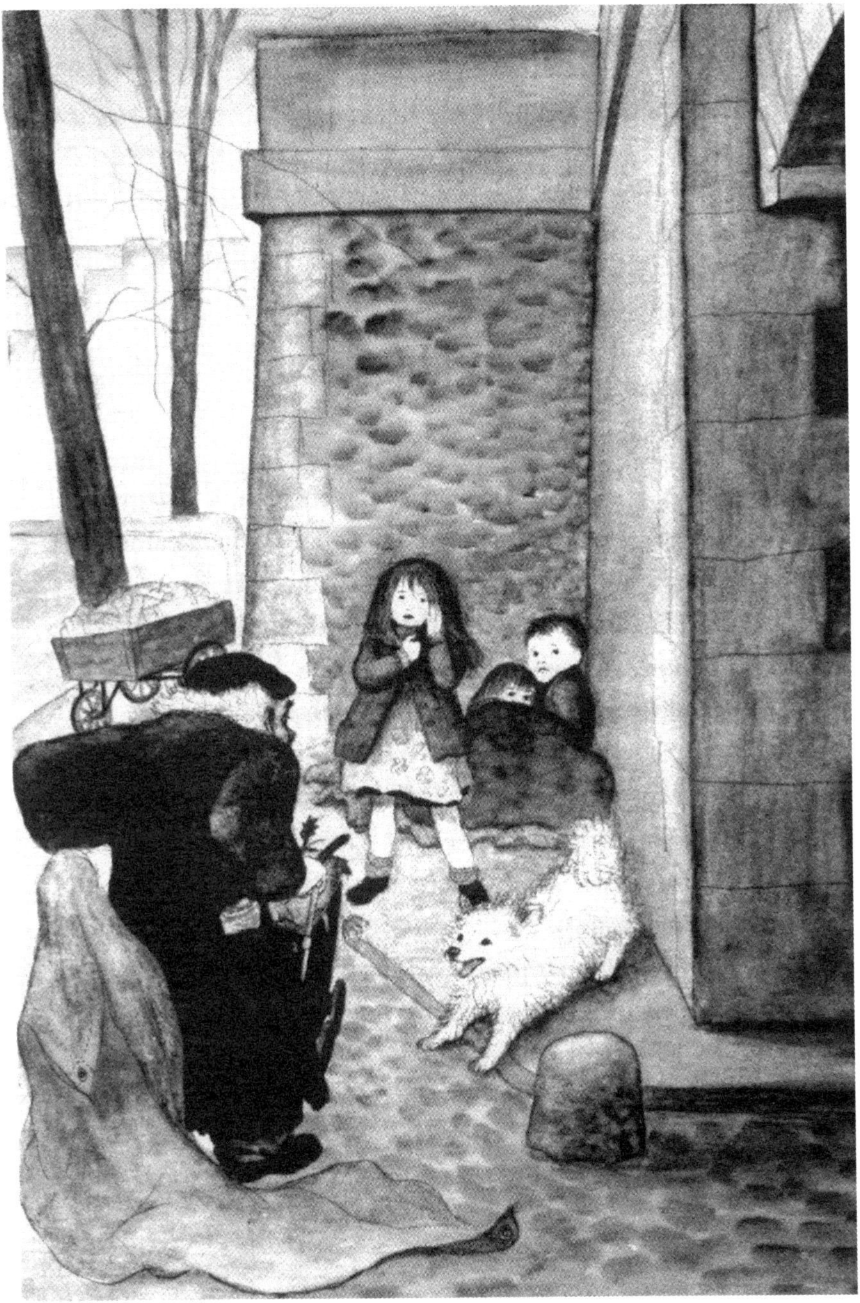

合身，全是贫病交加的模样。

那个较大的女孩子的眼神显得非常忧郁。她解释说："爸爸死后，因为我们付不起房租，房东就把我们赶出来了。因为我们没有家了，所以妈妈把我们带到这儿。她告诉我们藏在帐篷里面，这样就没有人会发现我们了，否则他们就会把我们带走，还会把我们安置到一个收容穷孩子的地方。但是我们是一家人，所以我们想待在一起。我叫苏西，他们一个叫保罗，一个叫伊夫琳。"

那个大一点儿的男孩爱说大话，他吹牛道："如果我再大一点儿，我就会给我们找到一个新的住处。"

阿曼德说："听起来好像你已经找到了一个新的地方似的。而这里是我的老地方。你们已经像那个房东把你们赶出去一样把我赶出了我的家！"

苏西感觉有点儿歉疚。她把手推车推到一边，用眼睛仔细地打量着阿曼德。然后她用一块烟煤在水泥地上画了一个长长的长方形。

"这是你的地方。"她说，"你可以和我们住在一起。"她又考虑了考虑，在长方形的下面草草地画了一个小正方形，然后一本正经地说："这儿有一个窗户，你可以把头伸到窗外，看到那条河。"

阿曼德自言自语地抱怨着，把他胸前的外套儿抓得更紧了，好像是要把他的心隐藏起来似的。噢，这个小家

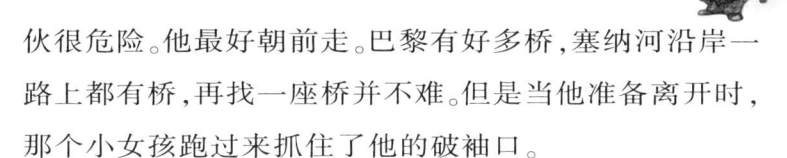

伙很危险。他最好朝前走。巴黎有好多桥,塞纳河沿岸一路上都有桥,再找一座桥并不难。但是当他准备离开时,那个小女孩跑过来抓住了他的破袖口。

"请别急着走。"她恳求道,"我们会把你当作我们的爷爷。"

阿曼德鼻子一哼:"小家伙,除了百万富翁之外,我最不愿意当爷爷。"可是,虽然他嘴上在抱怨,却还是动手打开了他的行李。

阿曼德把树枝放下,把他收集的一堆干树叶子堆在一起。他从手推车里拉出一顶脏兮兮的帐篷和一把生锈的铁钩,把一个带把手的发黑的罐子放在树叶旁边,把一些曲里拐弯的小勺和小刀分开。最后,他拉出一只鞋底儿有洞的旧鞋。

他解释说:"说不定最近哪一天会遇到另一只,这鞋我穿着挺合脚的。"

孩子们想帮助他。噢,这些小家伙挺机灵的。他们知道如何讨老人的欢心。他庆幸自己不是他们的爷爷,但他还是把帐篷放在苏西为他画的长方形里面。

他用树枝和干树叶子把火生着,将罐子吊在火上面,然后打开报纸,把一些吃的东西放进罐子里。

他告诉孩子们:"过去,巴黎曾有过一段好时光。那时每天收市时人们常常敲响市场上的钟,好让流浪者们

知道那里欢迎他们去收集人们不要的东西。可如今再也没有这种事情了。现在我们必须自己去寻找。"

孩子们看着他吃东西,看着他把食物一口一口地送到嘴里,就连那只本应是白色的狗都馋得淌了一地口水。阿曼德不自然地扭动了一下身子,粗声粗气地问:"看什么呀?你们没有见过人吃饭吗?"他们没有应声,但是四双眼睛都在随着他的锡勺的移动而移动。"我想你们是饿了。"他嘴里咕哝着,"小家伙们总是要吃饭的。把你们的碗拿来吧。"

苏西从手推车里拿出沾满污垢的、裂口的碗和弯曲的小勺。阿曼德仔细地给他们分了吃的,甚至给那只狗也分了一份儿。

天已经黑了,孩子们的妈妈回来了。巴黎的灯光正照在河面上,而桥洞里却只有阿曼德点燃的微弱的火光在闪烁。他看不清这个女人的脸,但是他感到她不好惹。

"你在这里干什么?"她责问老流浪汉。

阿曼德被激怒了。"那么我可以问你同样的问题,夫人。"他反驳道,"你们把我桥下的地方给占了!"

女人说:"桥不属于任何人。它们是巴黎唯一的自由藏身处。"

苏西尽力缓和紧张的气氛。她解释说:"妈妈,他是个善良、友好的老流浪汉,他要和我们住在一起。"

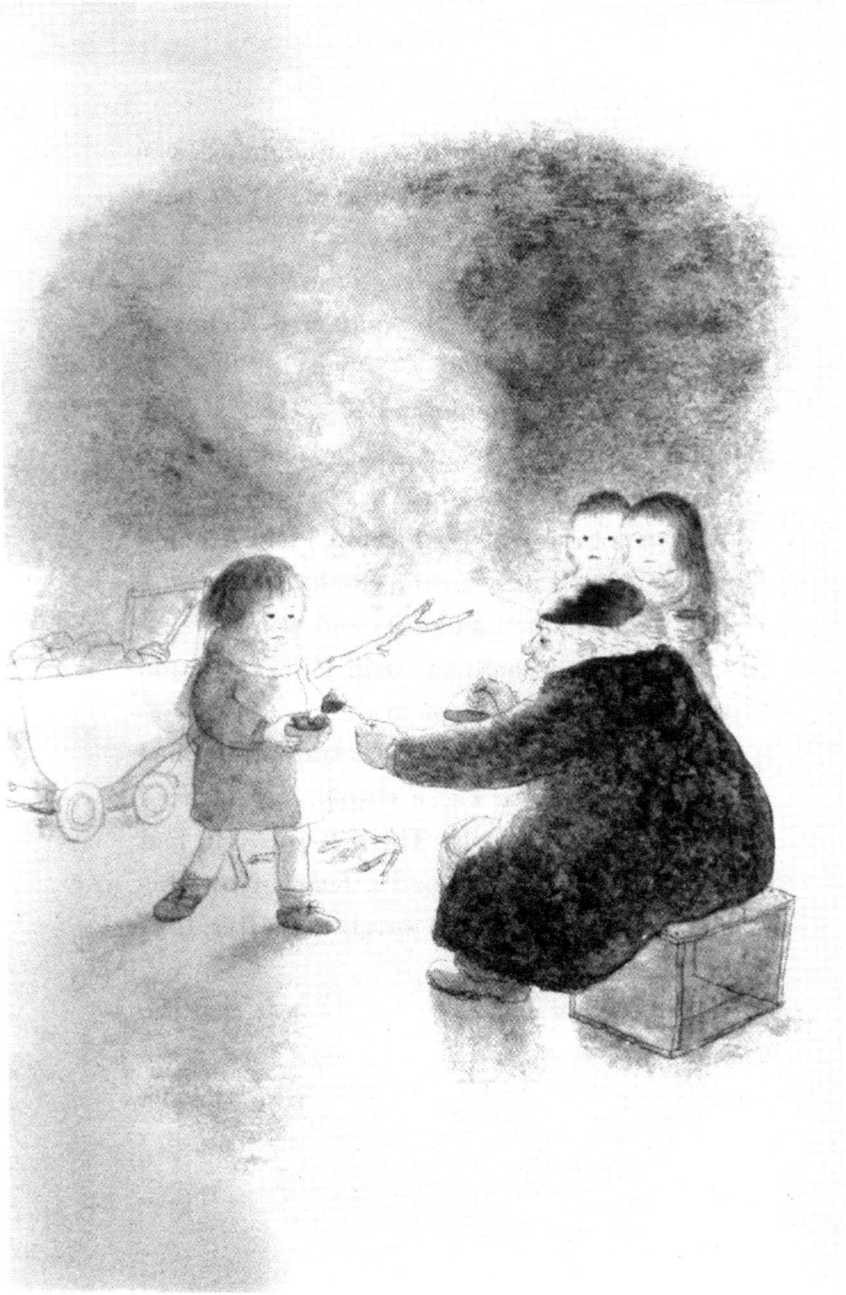

"我不是个友好的老流浪汉!"阿曼德愤怒地说,"我是个卑鄙的、怪僻的老流浪汉!我讨厌孩子、狗和女人!"

保罗说:"如果说你讨厌我们,那为什么还给我们吃的?"

"因为我是个愚蠢的老流浪汉。"阿曼德回答说,"因为我是个愚蠢的、软心肠的老流浪汉。"噢,哎呀!我的天哪!他无意中说出他的确有一颗善良的心。现在这无家可归的一家人肯定会抓住这颗心不放。

听到孩子们已经吃了这个老流浪汉的东西,妈妈显得很不高兴。她提醒孩子们:"我们不是乞丐。我在洗衣店有一份稳定的工作,这可是他没法比的!"

她去热了一锅汤,把随身带来的一个长条面包切开。阿曼德坐在苏西画的长方形里,他想,这个女人的烦人之处就是傲慢,而这种傲慢和桥下的生活很不和谐。

借助即将熄灭的火光,那个女人在她的手推车旁前后走动,她拉出被虫子蛀了的毯子,铺在水泥地上准备睡觉。汽车就在他们头顶上隆隆驶过,灯光照在大桥上,沿着码头散步的人们轻松地说笑着。然而这一切,离桥下的这几个人,仿佛有十万八千里。

在孩子们倒头睡下后,阿曼德向他们的妈妈建议说:"你应该把他们送到慈善机构去,直到你找到一个属于自己的地方。这种生活不适合他们。唉,你不想让他们

像我这样过一辈子吧?"

"不管是穷是富,一家人应该待在一起。"女人回答说,"我还有希望。我很快就要见到我的嫂子了。她可以在克利希为我们打听到一个住的地方。"

阿曼德走出帐篷,没有披衣服。他习惯了寒冷,所以从来不觉得天会更冷。但是他敢肯定,这些孩子会感到冷。当他躺在坚硬的水泥地上时,一种不安的想法困扰着他。既然他对这些孩子友好,那么,他的生活就再也不完全是他自己的了。

阴沉沉的早晨悄悄地驱走了桥下的黑暗。阿曼德醒来时发现那个女人已经上班去了,三个孩子正用一些变了味儿的面包喂小狗乔乔。

"你们还待在这儿吗?"阿曼德问,"难道你们不去上学或者去别的什么地方?"

苏西摇了摇头。"我们找到一个住的地方以后才能去上学。妈妈说现在去上学,老师可能会问起我们的居住情况,要是我们没有家的话,他们就会把我们从她身边带走,然后把我们送到收容所去。"

"你妈妈想让你们比我还惨吗?孩子应该上学。当我是个孩子时,如果我不去上学,我该去哪儿呢?"

"噢,我喜欢上学。"苏西忽闪着她的蓝眼睛说,"我喜欢读书、写字。我想长大以后当个老师。你瞧,游艇上

的一个男人朝我扔了一块煤,我用它来写字。我希望我们很快就能再回到学校。"

"这就是我们的不同之处。说老实话,我从来不爱上学。但是你们在白天必须得去个什么地方。你妈妈不能指望我当你们的保姆。我有地方要去。"

"噢,我们可以跟你一起去吗?"苏西恳求说,"伊夫琳人虽小,但是很能走。她不会喊累的。"

"不行!"阿曼德惊叫道,"你们不能跟我去,那可不是闹着玩儿的!"

"请带我们走吧,老流浪汉。"保罗恳求道,"躲在这儿很冷,又无事可做。"

"保罗,那样不礼貌。"苏西批评他说,"现在除非你向他道歉,否则他不会带我们走。"

"可是我该怎么称呼他?"保罗问,"我不知道他的名字。"

"先生,你叫什么名字?"苏西问。

"阿曼德。"流浪汉答道。

"那你姓什么?"保罗问,"我们姓凯尔西特。"

阿曼德耸耸肩说:"我已经忘了。我想我以前的姓是波利或者波吉。可能就是这样。就叫我阿曼德吧。"

"好吧,阿曼德先生。"保罗说,"我不该叫你老流浪汉,我向你道歉。那么你愿意带我们一起走吗?"

"他当然愿意。"苏西马上说,"虽然他看上去不太友好,但他确实有一颗善良的心。小狗乔乔也可以去吗?"

阿曼德抓住遮盖着他前胸的外套儿。他想,噢,这些小孩子在追逐我的心,那么好吧。"噢,天哪!"他惊叫道,"我该带这三个孩子和一只狗去哪儿呢?"他在想,"什么朋友会让我带着他们去造访呢?"接着,他那饱经风霜的脸上浮现出一丝狡黠的神情。他想,也许带上这些可爱的小家伙去街上逛逛是个不错的主意。当然,这种事情是他们那傲慢的妈妈不会同意的。他问孩子们:"去城里见我的朋友圣诞老人怎么样?"

孩子们很吃惊,一时说不出话来。苏西的蓝眼睛由于吃惊而睁得好大。最后她大声问道:"是在圣诞节带来礼物的圣诞老人吗?"

保罗简直不敢相信自己的耳朵。他问:"你认识圣诞老人?"

"妈妈说他今年不能给我们带来任何东西,因为我们没有家,他找不到我们。"伊夫琳说。

"那我们现在就到罗浮宫百货商店去。"阿曼德说,"告诉他你们现在住的地方。"

第三章

去见圣诞老人

阿曼德,这个生活在巴黎的老流浪汉,领着三个红头发的孩子从桥下的台阶走到桥上,然后向闹市区走去。阿曼德戴着他那顶破旧的贝雷帽,边走边忙着为孩子们和他自己考虑一项宏伟的计划。他想,也许这几个孩子不太坏。他们有他们的用处。

他走在前面,孩子们跟着他走在大桥和巴黎圣母院之间的路上。苏西用手牵着伊夫琳的手。保罗有时东瞧西看,被落在后面,有时又跑到前面与阿曼德说话。那只本应是白色的狗紧随着苏西小跑着。

他们三三两两地通过了这座连接岛屿与河岸的大桥。孩子们回头望着维莱大厦楼顶那些迷人的塔楼和小塔。

"那是管理巴黎的市政厅。"阿曼德解释说,"哼,我能在桥底下把它管理得更好。"

一群灰色的鸽子在他们周围欢快地飞翔。

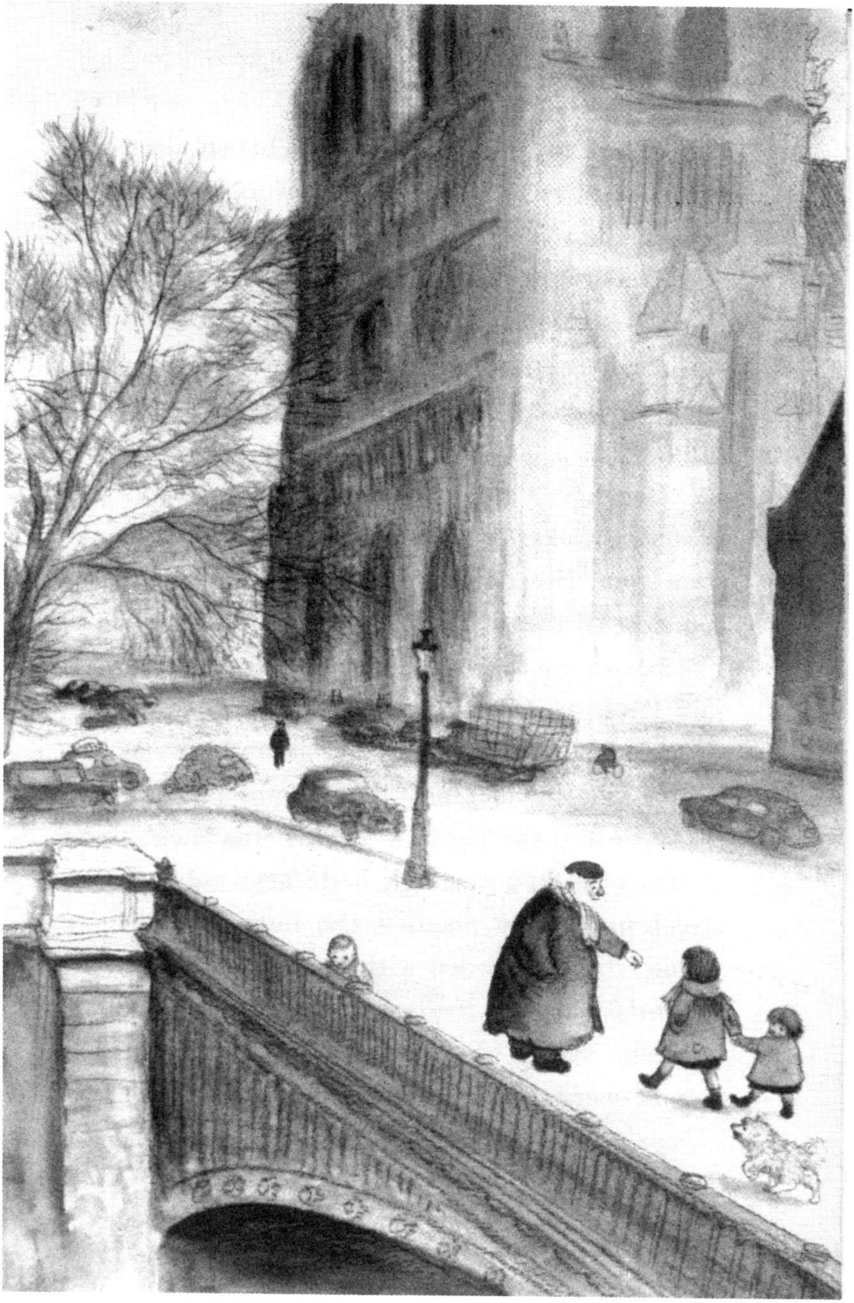

"就像是乞丐!"阿曼德以不屑的口气说,"总是为了讨得一点儿施舍而惹人烦。"小狗乔乔也是这么想的,它把飞得较低、离孩子们太近的鸽子赶走了。

"要是我们有玉米喂它们就好了。"保罗说。

"你猜我是怎么想的?"阿曼德问,"即使一点儿吃的都没有的人,也乐于喂鸽子。要是我有吃的喂它们就好了。"

他们走过沉闷的、鹅卵石铺就的街道,一直走到繁华的吕德里沃利。为过圣诞节而来这里购物的人熙熙攘攘,络绎不绝。

这条商业街充满了圣诞节来临的气氛。人行道边摊位后面的卖主,正在大声叫卖他们的器皿,招揽过路人来看他们的货物。购物的人们正在从卖主那儿购买耳环、吊袜带、软水剂和丝巾。他们正在吵吵嚷嚷地疯狂购物,好像他们以后在吕德里沃利再也找不到要买的东西似的。他们如此疯狂地购物,也许是因为第二天在这条街上什么东西也剩不下的缘故。

孩子们想停下来什么都看一看,阿曼德只好不断地转过身来,耐心地哄他们跟着走。一个男人正在人行道上演示他的机器战士。孩子们停下脚步,目不转睛地看着那个机器战士迈着矫健的步子行进并向人们敬礼。保罗对这个机器战士很着迷,好不容易才把他从那儿哄

走。

阿曼德嘲笑道："这种廉价的玩具,带回家,要么不能玩儿,要么就是第一次玩儿弹簧就坏了。我的一位朋友过去常常卖这种东西。"

阿曼德刚把他们从机器玩具那儿哄走,就来到了一个面包店。面包店的橱窗里有一个圣诞"圆木"蛋糕——令人垂涎欲滴。蛋糕上面有一层褐色的巧克力,杂色的"蘑菇"从"树皮"中钻出来,粉红色的棉花糖玫瑰也从巧克力上长出来。一条非常逼真的常春藤缠绕在"圆木"上,上面还有碧绿的叶子。

"噢,真是太美了!"苏西一边用舌头舔着嘴唇一边大声说道。

"我一个人就能把它吃光。"保罗喊道。

"我饿了。"伊夫琳呜咽着说。

阿曼德拉完这个拉那个。"它真的像药一样难吃。"他哄他们说,"那只是一种蔓生植物,尝起来就像常春藤,又涩又苦。我吃过一次这种蛋糕。"虽然孩子们看上去不相信他的话,但是阿曼德仍坚持说:"那是他们哄孩子吃药的一种把戏。"

当警察阻止汽车通行的时候,他们穿过了街道。他们走到了一个大炒锅旁边,一个男人正在卖刚出锅的炒栗子。炒锅周围很热,栗子香味儿袭人,孩子们停下脚

步,面带饥色地望着炒锅直咽口水。

"走吧,走吧。"阿曼德不耐烦地说,"栗子都被虫咬了。你们认为圣诞老人会等我们到半夜吗?我们到罗浮宫还有很远的路要走。"

由于路上有这么多好看的,所以路程似乎显得很短。他们很快穿过商场大楼的拱廊。这儿的里里外外好像都有很多东西要卖——到处是手推车和叫卖的小贩。

阿曼德领着孩子们走进这个商店引以为豪的一扇大玻璃门。孩子们带着小狗一进来,就觉得好像走进了一个仙境。这个大商店灯火通明,到处流光溢彩。商店里面温暖宜人,富丽堂皇。这里还有一种混合的香味儿,好像是世界上所有的花儿都在这覆盖着软布的柜台和闪光的珠宝后面开放。

"我们必须去夹层楼面。"阿曼德说,"也许可以乘他们的电梯,省得我们走路。"

于是他们来到最近的一个电梯门口,可在那儿等电梯的人太多,不可能一次都上去。

"我们只好爬楼梯了。"阿曼德边做决定边调转话题问他们,"难道你们不认为,那些妇女中的一些人愿意待在家里洗衣服做饭吗?"

"如果我们的妈妈能够待在家里的话,她就愿意。"苏西赶快说道。

他们爬上楼梯,孩子们的眼睛发出异样的光芒,感觉好像在做梦似的。他们看到桌子上的玩具堆了好高。他们正在进入圣诞老人的王国。他们虔诚地、蹑手蹑脚地跟着这个老流浪汉走向摄影室。在那儿,如果孩子的父母愿意付钱的话,就能请人把孩子和圣诞老人的像照下来。

阿曼德往里偷看,孩子们屏住呼吸。

"他不在这儿。"阿曼德失望地说。

就在阿曼德说这话的时候,圣诞老人来到了柜台。他穿着拖到脚面的红色长外套儿,下巴上拳曲的白胡子拖到前胸,嘴唇上的小胡子卷成了一个个的小圈圈。但是当他对着两个在他前面跑的男孩子挥动拳头的时候,那双黑色的眼睛因愤怒而闪闪发光。

"如果让我抓住你们再玩电动火车,我就把你们赶出商店!"他在威胁他们。

这三个孩子被吓坏了,他们缩在阿曼德身后。当圣诞老人走近他们的时候,伊夫琳吓得哭了起来,小狗乔乔也汪汪直叫。一见到阿曼德,圣诞老人刚才因生气而留在前额的皱纹就不见了,而且马上变得笑容可掬。他的目光由于满足和愉悦而变得柔和起来。

"哈哈哈!"他以圣诞老人特有的方式笑着说,"瞧瞧,这是谁的亲爱的老爷爷今天来看我。"他不停地哈哈笑

着，笑得孩子们都担心他会咳嗽起来。

阿曼德把小孩子们一个个地拉到他前面来。伊夫琳不再哭了，小狗乔乔也不叫了。

"你永远也不会相信我是在哪儿找到他们的。"阿曼德说，"他们想来看看你。"

孩子们的眼睛又有神了，他们居然高兴得说不出话来了。

"今年你们是好孩子吗？"圣诞老人问。

"我们已经努力了。"苏西含糊地回答。

"我们有时候分不清什么是好，什么是坏。"保罗坦白地说。

"我拽过小狗乔乔的尾巴，可我以后再也不会那样做了。"伊夫琳自我表白道。

圣诞老人很高兴。"我喜欢诚实的孩子。"他说，"这一切都表明，你们全年都是天使一样的乖孩子，现在你们想让我给你们带来什么样的圣诞礼物？"

"我们想要一座房子。"苏西说，"圣诞老人，你给我们带来一座房子好吗？"

"哈哈哈！"圣诞老人答道，"你们的父母应该是同意的。那你们想要什么样的房子？一座玩具小屋？"他向下看了一眼小狗乔乔，说："还是要一个狗窝？"

"一座真正的房子。"保罗说，"我们能住的房子。"

"有墙和屋顶。"苏西说。

"还得有窗户。"伊夫琳补充道,"当苏西和保罗放学回家的时候,我想从窗户里看到他们。"圣诞老人不再哈哈地笑了,而是盯着他们问:"谁听说过哪个孩子要一座真正的房子作为圣诞礼物?给这个男孩一个鼓,给你们两个女孩一人一个洋娃娃,怎么样?"

"不行。"苏西坚持道,"必须给我们一座真房子。"

圣诞老人的那双黑眼睛转来转去,他用手捻着胡子尖儿说:"只能给洋娃娃或者游戏器具,我的雪橇驮不动一座房子,这你们都知道。"

孩子们的脸拉得老长。之后,苏西不失礼貌地说:"不管怎样,还是要谢谢你,圣诞老人。"她的声音在发颤,"除了房子,我想我们什么都不要。"

"我要。"保罗说,"我想要点儿吃的东西。"

"我想要个洋娃娃。"伊夫琳接着说。

圣诞老人正要说话,一位漂亮的女售货员打断了他:"你最好到你的摄影室去,不然的话,莱图尔先生就会解雇你。那儿有四个孩子正等着和你一起照相呢。"

圣诞老人拍拍每个孩子的脑袋以示告别,然后对阿曼德说:"我们的莱图尔先生正在找一个守夜人,给朋友看楼。你想干吗?"

"得得得!"阿曼德大声说道,"我来这儿可不是请圣

诞老人给我找工作的。再见,卡米拉。"

阿曼德又领着孩子们走下楼梯,这时他们一声不吭,无精打采,就连小狗乔乔也耷拉着耳朵,原先翘着的尾巴也垂了下来。

当他们从柜台间走过的时候,大厅里已经不太拥挤了。一位风度翩翩的铺面巡视员看见了这些流浪者,便急忙朝他们走来。当他轻轻拍打上衣口袋露出的洁白的手帕时,弄出了一点儿声音。

"你们走错商店了吧?"他轻蔑地问。

"应该说我们是走错商店了。"阿曼德也轻蔑地回答。

"我们带着我们的狗来这儿乘电梯。我看这儿乘电梯的人太多。"他对小狗乔乔吹了一声口哨儿,"过来,宝贝儿,我们带你到普林特姆茨去吧。"

小狗乔乔对着这个傲慢的铺面巡视员狂吠。他们一齐朝这个商店引以为豪的大玻璃门走去。商店外面寒风刺骨,他们被冻得瑟瑟发抖。

第四章

街头卖唱

"那儿有一个漂亮的圣诞橱窗。"阿曼德对孩子们说。他想使他们高兴起来,因为他们都不再作声,似乎失望到了极点。他领着他们来到面朝皇家宫廷广场的罗浮宫大门前。一群人挡住了橱窗,但是阿曼德和孩子们设法挤到了前面。

孩子们的眼睛瞪得老大。他们从来没有见过这样的场面。靠近橱窗前面有一个纸卷,上面介绍说这是"塔廷的婚礼"场面。这是一个真正的婚礼,而不是一个故事。两个机器人,一个男人,一个女人,都穿着华丽的白色古装,站在一个高高的亭子里。当浪漫的音乐响起的时候,他们彼此庄严地躬身行礼。然而更引人注目的是,这对恋人下面的一些小人物——那些戴着白帽子的厨师。他们把美味佳肴送到婚宴上来。一个厨师端着一只美丽的"孔雀",它的脖子会随着音乐仰起、低下。另一个厨师举着一个能用蟹钳击出节奏的"大螃蟹"。还有一个厨师端

着一个比面包房橱窗里的圣诞"圆木"蛋糕更加漂亮的蛋糕。每一个小厨师都以边走边跳着华尔兹舞拿来的菜而自豪。

"我想,他们结婚后将住在一座美丽的城堡里。"苏西看着漂亮的新娘和新郎赞叹道。

"我饿了。"保罗说。

"我也饿了。"伊夫琳跟着说。

那只本应是白色的狗正在一个人的鞋上流口水。

阿曼德看在眼里,急在心上。他眉头一皱,计上心来。

"我想你们知道他们正在演奏的曲子的歌词。"他耐心地哄他们,"这首曲子是《塔廷夫人》。如果你们愿意给我唱这首歌,我就给你们买东西吃。"

保罗用手捂住了嘴。伊夫琳把手指头放进嘴里。苏西不好意思地摇摇头。"这儿人太多。"她说。

"别害羞,给他们唱吧。"阿曼德说,"不要做不会唱歌的傻孩子。张开你们的小嘴儿,像百灵鸟一样放声歌唱吧。"

于是保罗把手从嘴边放下来,用稚嫩而坚定的嗓音唱起来。接着苏西也用甜美、高亢的歌喉唱起来。伊夫琳把手指头从嘴里拿出来,和他们一起放声歌唱。他们就像三只春天里的小鸟,站在枝头尽情高歌。

当他们唱完两首歌曲的时候,阿曼德使劲地鼓掌。

然后他摘下他的贝雷帽,用它挨个儿拍打着周围的人。

"给点儿钱吧。"他乞求道,"给带着三个没父亲的孩子的可怜的老爷爷一点儿钱吧,让我给他们买些吃的和穿的吧。给失去母爱的小狗一点儿吃的吧。"

人们慷慨地施舍着,因为他们都领悟了圣诞节的精神。硬币丁丁当当地放进了阿曼德的贝雷帽。

音乐会非常成功,阿曼德一直等到第一批观众离开,新的一批观众来看橱窗。然后他让孩子们再唱。他再次摘下贝雷帽向观众要钱。

如果不是那个傲慢的铺面巡视员从商店出来,看看为什么橱窗周围的人比以前多的话,这种场面可能还会持续一段时间。他不怀好意地看着这个四人小组。

"赶快离开!"他挥挥手,仰着头命令道,"在罗浮宫前面不许乞讨。"

阿曼德并不在乎离开这里。他的贝雷帽里装着沉甸甸的法郎,他把帽子一折,弄成个漏斗状,把钱倒进他的口袋里。

"走吧,百灵鸟们。"他说,"你们都是好孩子。我要请你们吃煎饼。"

阿曼德带着孩子们来到一个街角,一个布列塔尼人正站在小摊儿后面,在两块圆形的黑色铁板上摊薄煎饼。

他一张接一张地摊着煎饼。时间过得真是太慢了,

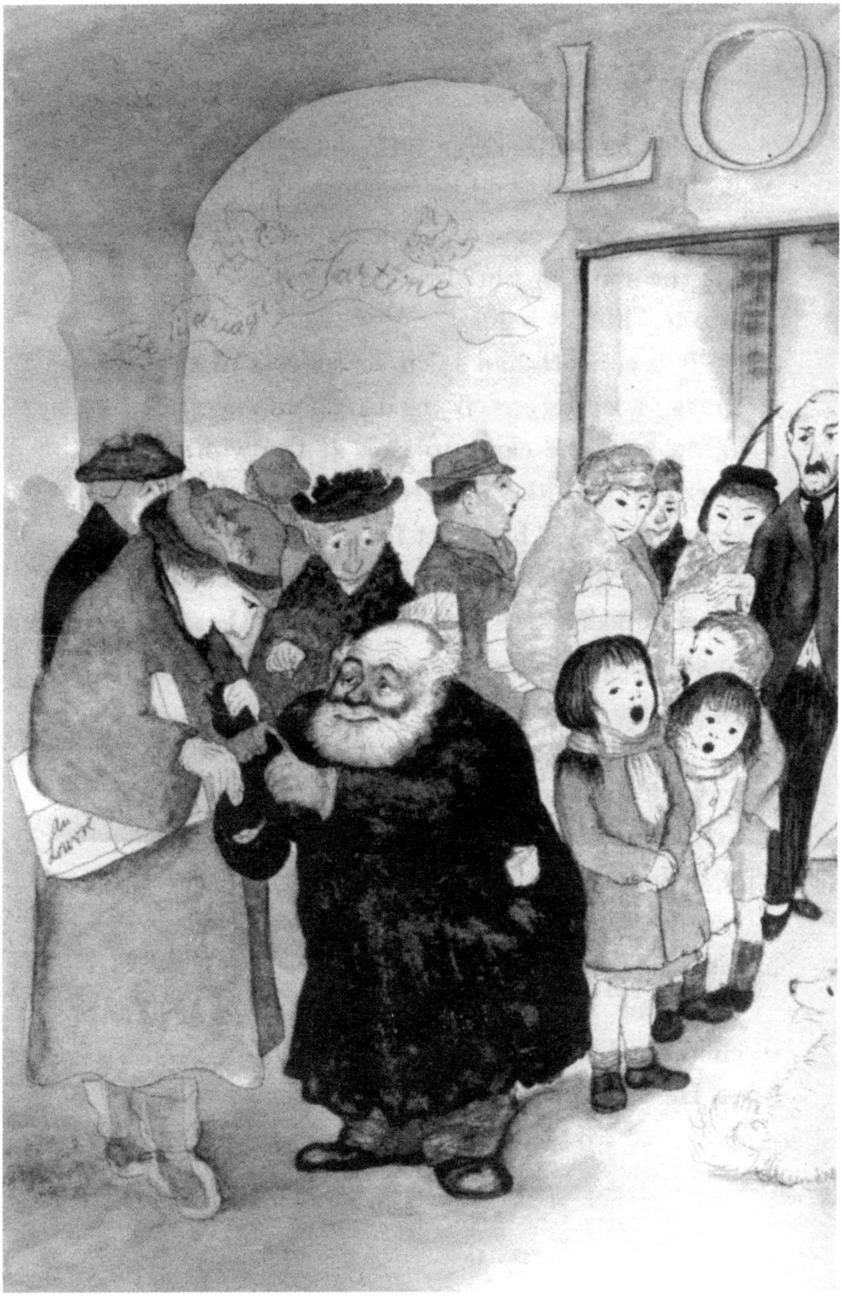
LO
Au Louvre

孩子们觉得等不到他摊好第十二张煎饼了,他们快要饿死了。这儿的香味儿甚至比罗浮宫那儿的香味儿还要浓。煎饼像踏板车车轮一样大,像丝绸一样薄。那个布列塔尼人在每张煎饼上抹上黄油和果酱,然后把它们折成两折。他们每人吃了三张煎饼。小狗乔乔可怜巴巴地在那儿叫着,这时他们才想起它可能也饿了,所以阿曼德又要了一打煎饼。

他们高兴地大口吃着煎饼开始往回返,但是小狗乔乔还是不停地叫,因为它已经一口吞下了给它的煎饼。

当他们走到一个街角的时候,看见有一群人正在那里等公共汽车,阿曼德建议孩子们唱圣诞颂歌来慰藉那些疲惫的人们。这回孩子们虽然还有一点儿害羞,可还是尽力地大声唱起来。

像以前一样,阿曼德向人们挨个儿伸出他的贝雷帽。"给点儿钱吧。"他乞求道,"好让一个可怜的老人能够养活他饥饿的孩子们。"

正当人们把硬币放进他的帽子时,一个拳头狠狠地打在他的背上。阿曼德吓坏了,因为他想一定是遇上警察了。他回头一看,原来只是一个像他一样衣衫褴褛的流浪汉。那个流浪汉脖子上挂着一个大箱子,箱子里有一只小猴子,那猴子穿着红绿相间的衣服,正在网子里面做鬼脸儿。

"你为什么闯入我的地盘儿?"带着猴子的人问,"你在偷我的节目。"

阿曼德设法息事宁人。"好了,咱们别争了,蒂蒂。"他说,"这么一大群人,对于我们俩来说已经足够了。那些愿意听圣诞颂歌的,怎么也不会对猴子做鬼脸儿感兴趣。"

蒂蒂并不让步。"不管是孩子还是猴子,有什么区别?"他坚持说,"这是我的地盘儿。"

虽然小狗乔乔对着猴子不停地叫,猴子对着小狗做最难看的鬼脸儿,但是孩子们没有参与争吵。于是猴子对孩子们苦苦一笑,将它那绿色的帽子伸向孩子们。

"噢,它也要钱。"苏西说,"在盒子上面有一个放硬币的碗。请给小猴子点儿钱吧,阿曼德先生。"

"我可不愿意!"阿曼德厉声说道。

"给它点儿吧,给它点儿吧,先生。"伊夫琳恳求道,"小猴子也想买一些煎饼。"

这时,大多数购物者已经登上了公共汽车。阿曼德想让孩子们赶快唱完就离开,但是他们不肯,直到他给猴子在碗里扔下一枚硬币。

"那个蒂蒂是在骗钱。"阿曼德一边往街上走一边解释,"蒂蒂就是利用猴子为自己挣钱。"说着,他哗啦一声把贝雷帽里的硬币倒进了自己的口袋。

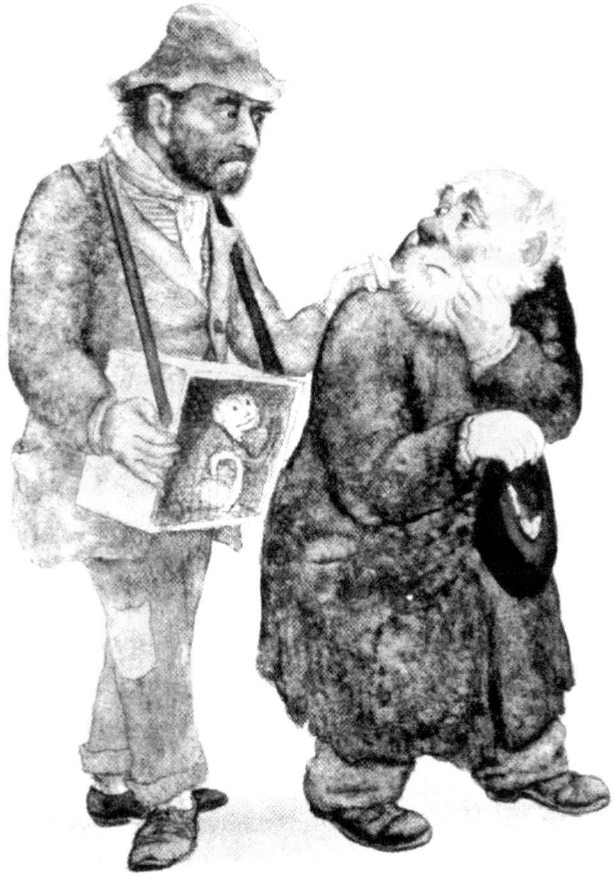

当他们来到卖栗子的小贩跟前时,阿曼德又给孩子们买栗子吃。他们吃栗子时尽量拖延时间,因为热乎乎的栗子壳可以暖手。

"记住,"阿曼德提醒孩子们,"关于今天的事情不要对你们的妈妈说一个字。我要天天带着你们。"

那天晚上,当凯尔西特夫人疲惫地回到桥下时,孩子们冲上前去迎接她。

苏西叫道:"我给你省下一张煎饼,妈妈。"她边说边从褪了色的外套儿口袋里掏出一张煎饼。"现在凉了,不过味道仍然不错。"

保罗也把手伸进外套儿口袋里,说:"我给你带了一些栗子,妈妈。它们也凉了,可还是很好吃的。"

伊夫琳开始低声哭泣。"我什么也没有给你留下,妈妈。"她流着泪说,"我忘了。"

凯尔西特夫人紧紧抱住她,安慰她说:"没关系,我还给你们带回点儿东西来呢。"随后她疑惑地问,"你们是从哪儿弄到煎饼和栗子的?"

苏西和保罗垂下了眼睛。

"我们给人们唱歌,人们就把钱扔进阿曼德先生的帽子里。"伊夫琳说道。

凯尔西特夫人把孩子们的礼物扔到地上。她生气地走向阿曼德,阿曼德正把手搭在帐篷上。"你已经把我的

孩子们变成乞丐了!"她指责道,"你在利用他们在街上乞讨!"

"别生气,别生气,夫人。"阿曼德设法让她消消气,"当歌剧院的大歌唱家们用他们的歌声换取报酬的时候,你能说那是乞讨吗?我会把你的那一份给你的。"

然而凯尔西特夫人并不领情,她正忙着拆帐篷,收拾毯子。她反驳道:"我不想要你一分一厘的钱!我们要离开这里。"她冲着孩子们喊道,"我不许你们吃他的任何东西!"

孩子们开始号啕大哭,就连小狗乔乔的叫声都很凄凉,因为它似乎感觉到再也吃不上吕德里沃利街市上的煎饼了。

阿曼德傲慢地站起来。"你们不必离开,夫人。"他说话时的傲慢神态,就像是对那个铺面巡视员说话似的,"我自己会离开的,免得你们麻烦。我知道我是个不受欢迎的人。"

一会儿的工夫,他就把他的东西收进手推车里了。

"别走!"苏西喊道,"请不要让他走,妈妈。"

"他是我们的爷爷。"伊夫琳呜咽着说。

"除了你之外,他是我们唯一的亲人。"保罗接着说道。

阿曼德伸着他那胡子拉碴的下巴说:"你们就待在

老地方吧,夫人。你们要找到别的地方需要很长时间。再见,孩子们!"

阿曼德推着他的手推车磕磕绊绊地向码头走去。他使劲弄出喀哒喀哒的响声,想以此压过孩子们的哭声和狗的叫声。

第 五 章

搬　家

阿曼德推着手推车沿着河边走的时候,愁容满面,情绪低落。他穿过了另外一个桥洞,那桥洞又深又诱人,上面还有可以挂东西的铁环儿。只是巴黎的消防艇停泊在码头边上。

"要是滨水区来一场大火,全巴黎的人就会跑到我的屋顶上。"他在嘴里咕哝着。

于是他迈着沉重缓慢的脚步来到另一座桥。他在不停地走,直到他看见有个钓鱼的人在收钓丝才停了下来。他以为那钓钩上有一条大鱼,没想到钓上来的竟是一只被水浸透了的鞋。

"唉,但愿我们都能心想事成啊,先生。"阿曼德哀伤地对钓鱼的人说。接着他激动地跳起来。"另一只鞋在我的手推车里,"他叫道,"和这只正好是一双!"

钓鱼的人把那只旧鞋从渔钩上拔下来,把它扔给了阿曼德。"噢,你的运气可不如我好呀,先生。"阿曼德说,

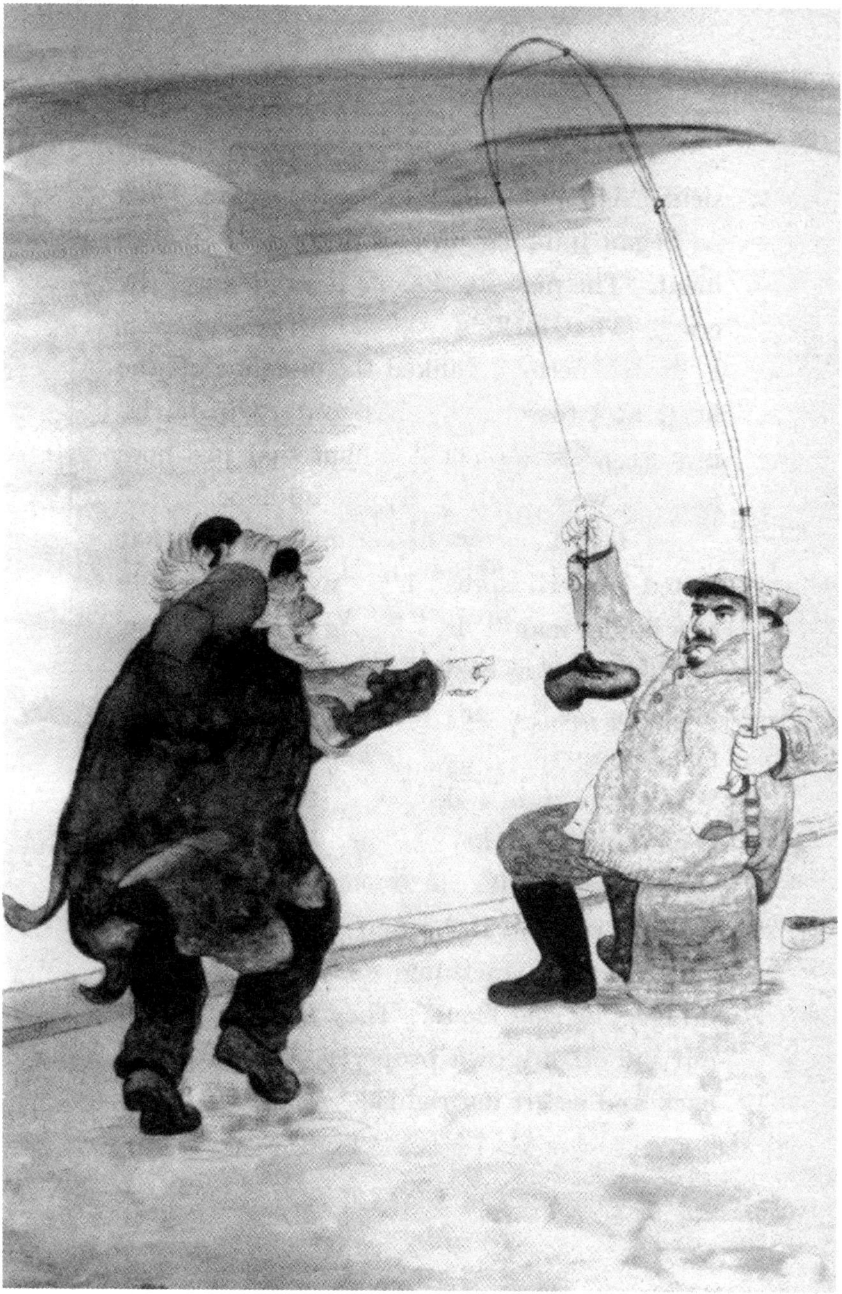

"不过这正说明我们永远不应该放弃希望。"

他终于在桥下找到了适合他的栖身之处。他像一个有家室的男人在新房子里铺地毯一样，仔细地把帆布铺好。

"这可没有那些百灵鸟们为我铺的房间舒适。"他承认，"在水泥地上画出的那些黑线是多么的有趣。"

那天晚上他睡得不好。他在不停地想孩子们怎么样了。他们住的地方够暖和吗？难道他们不孤独吗？他试图假装自己是在为别的事情而烦恼。"那是我的桥！"他大声说道，"他们无权占据属于我自己的地盘儿。我应该回去，去维护我的权利。"

第二天早上，当阿曼德醒来时，发现夜里下了一场小雪。他坐起来，擦擦眼睛向码头望去。巴黎一夜之间变成白色的了。这对于那些能站在温暖的房间里向外观望的人来说是美丽的景色，可是现在对于那些孩子们来说会怎么样呢？他们可能会在雪地里玩耍，也可能会因为没有大人的照看而被冻死。

"我要跟他们说明白。"阿曼德喃喃自语，"我这就回那儿去，告诉他们这是怎么回事。我想再看一看他们，并且尽量放弃要回自己地盘儿的念头。"

于是他推起手推车往回走，车轮在雪地里留下了湿湿的黑印儿。在消防艇周围没有人生活的迹象。但是当

他靠近那熟悉的桥洞时,看见两个穿着裘皮大衣的女人走下了码头。在消防艇的警报声中,阿曼德注意到她们的足迹一直通到紧靠墙壁的那个帐篷那儿。他加快了笨重的脚步。当那两个女人从他身边经过的时候,她们回过头来看着他。

"可怜而悲惨的人!"穿着黑色裘皮大衣的女人叫道。

"也许我们可以救救他。"穿着棕色裘皮大衣的女人说。

"噢,你们去喂鸽子吧。"阿曼德嘲笑道。

地上的雪正在融化,他的大脚印儿在雪中消失了。他把帆布拉到一边,孩子们正在哭。

"怎么了?"阿曼德问,"你们还在因为我的离开而哭泣吗?你们应该知道我会回来。"

苏西把伊夫琳拉近。"有两个女人刚才在这儿和我们说话。"她呜咽着说,"她们已经去找人了。"

"她们要把我们带走,把我们送到一个地方。"保罗一边说一边擦着眼泪。

"她们还说要把妈妈送进监狱。"苏西流着泪说,"噢,阿曼德先生,请帮帮我们。请不要再生妈妈的气了。"

阿曼德一直在捻搓他那灰白头发上的贝雷帽。锅里的汤溢了出来,扑到火上。他了解像那两个穿裘皮大衣的女人那样的人。她们总是设法让流浪汉们不是去干活

儿,就是去洗脸,要么就是去看书。现在她们又打算把孩子们带走。她们一定是把流浪汉们赶跑了。虽然这的确不关他的事,但是米勒里说得对。这些小家伙……他把他的贝雷帽使劲往下拉了拉。果真是这样。叫米勒里言中了!

"开始搬家,把你们的东西打好包,放到车上。"他命令道。

"我们必须尽快离开这儿。当像那两个女人一样的女人有救人之心的时候,她们是不会轻易放弃的。"

他帮助孩子们把盘子收拾好,把毯子叠起来。接着又把帐篷拉下来,盖在车上。

"可我们去哪儿呀?"苏西问。

"妈妈不知道我们会去哪儿。"保罗哭着说,"我们不能离开妈妈,她是我们家最重要的人。"

"我会回来告诉你们的妈妈你们在哪儿。"阿曼德说,"我已经给你们找到了一个合适的窝儿。"

阿曼德不得不帮助他们把车子推上台阶。后来因为伊夫琳的脚冰凉,所以就让她坐在了他手推车里的东西上面。他推着她走过街道,跨过大桥,苏西和保罗跟在后面,推着他们的手推车。

"如果我是个大人,"保罗说,"我就不会让那些女人这么霸道。"

"我们要去哪儿?"当他们来到吕德里沃利的时候,苏西问,"请圣诞老人帮助我们吗?"

阿曼德回头看了看说:"你不需要圣诞老人帮助你,有我呢。另外,他太忙了。现在离圣诞节只有四天了。"

"你会告诉圣诞老人我们已经离开那座桥了吗?"苏西急切地问。

"要是万一他真找到了带给我们一座房子的办法,那该怎么办?"

"现在你们别担心。"阿曼德说,"一切有我呢。"

他没有领他们去吕德里沃利。等汽车停下后,他示意孩子们跟着他的手推车一起走。他们并肩穿过街道,正当他们走到路边时,一辆出租车把烂泥溅了他们一身。他们继续往前走的时候,又排成了一字纵队。

在他们前面隐隐约约出现了一座大棚子,那棚子跟火车站一样巨大,里面黑糊糊的,而且很嘈杂。

"这是海利斯,"阿曼德对他们说,"是个大型中心市场,巴黎所有的食品都是从这儿运出去的。"

一听到"食品"这个词,孩子们的步子就加快了。

"我饿了。"保罗说。

"你们在海利斯不会挨饿。"阿曼德说,"他们批发大多数商品,像我这样的人有时能设法弄到一些吃的东西。我要试试我的运气。"

整条街被一个个黑色的小棚子覆盖着。现在他们必须得小心地辨别道路。人行道上乱糟糟地堆满了柳条箱和筐子。路上一片泥泞,到处是五颜六色的碎纸片。

由于他们只顾四处张望,所以他们不停地跌跌撞撞。在他们周围,那些装水果和蔬菜的箱子堆得老高,像堵墙似的。在长长的小巷两边有许多肉摊儿,吊钩上挂着一排排的牛肉、羊肉和猪肉。男人们抬着装满了猪腿、猪蹄和牛腿的大筐从旁边走过。

一个男人举着一个巨大无比的盒子。他戴着一顶奇特的帽子,看上去就像狂欢节上的狂欢者。

"他是谁呀?"苏西指着那个男人问,"他为什么戴那么滑稽的帽子?"

"他是大力士之一。"阿曼德回答说,"他很为那顶帽子自豪,因为戴着它,人们就知道他一次可以举起四百四十磅。"

"你能吗?"保罗问。

阿曼德耸耸肩说:"噢,哎呀!我可不知道。"

他们急忙从正向路边倒车的卡车旁走过,路边有一排排的桌子,买卖双方正在那里做生意。

当他们来到海利斯后面的街上时,阿曼德遇到了不少老朋友。那些衣衫褴褛的男男女女正在捡那些被人们扔进排水沟的蔬菜和水果。

"你好，夏洛特。"他朝一个用别针把衣服别在一起、睡眼惺忪的人挥挥手。"早上好，玛格丽特。"他向一个穿着男人衣服的女人打招呼，"在垃圾箱里找到钻石了吗？"

接着，他跌跌撞撞地碰在一辆六轮金属手推车上，推车的是一个戴着高高的帽子、穿着肥大的裤子的男人。"喂，这不是路易斯吗！"他叫道，"你挣够支付莫贝特宫附近那阴暗地方的租金了吗？"

路易斯抿着嘴笑了笑。"我今天能找到一个工作。"他说，"他们需要更多推车的人。他们总是需要推车的。"

阿曼德起身离开。"我正在推车。"他说，"你看，我有和我一起推车的人。再见。"

孩子们不想离开海利斯。他们喜欢热热闹闹、东奔西跑。

"这儿有这么多食品。"苏西说，"你认为他们会给我们一点儿吃的吗？"

阿曼德和孩子们推着车走过圣尤斯特奇教堂，来到一条车水马龙的大街上。这里好像一个大市场，沿街两边摆满了鱼摊儿和肉摊儿。

保罗在一个咖啡店的橱窗前停下来，他要看那些被制成标本的五颜六色的南美鸟，它们以各种各样的姿势落在开着口的咖啡豆袋子上。

从吕德蒙托尔戈尔到吕代斯珀蒂茨卡罗克斯时，就

没有柏油路了。现在他们迈着沉重的脚步走过像马赛克一样的小鹅卵石铺就的路面。

当他们来到一个门脸经过装修、带有三个黑色埃及式圆顶的大楼时,阿曼德让他们停下来。他指着一条狭窄、曲折的小巷对孩子们说:"那是旧奇迹大院的一部分。早先在巴黎,所有的乞丐都聚集在那里藏身,没有人敢打扰他们。"

他领着他们来到一个古老的小巷,里面有一些破破烂烂的商店。

"人们为什么叫它奇迹大院呢?"苏西问。

"因为那些假乞丐晚上回来后,便把拄的拐杖和缠的绷带放进棚子里,那样子就像是发生了奇迹。"阿曼德解释说,"然后他们就吃饭、玩乐。他们甚至还选出自己的国王。"

看到后面巨大的垃圾堆和一些取代奇迹大院的破破烂烂的商店,孩子们显得很失望。

"我想,如果他们还在那里住的话,你会是他们的国王。"保罗说道。

阿曼德叹了口气。"唉,是啊!那些日子是我们难忘的好时光。"他回忆着往事,好像他自己还住在那里一样。

阿曼德带着美好的回忆恋恋不舍地离开了那个院

子。他和孩子们走过那些快要倒塌的公寓门口。在每个门口，他们都能隐隐约约地看见已经坏了的旧楼梯。楼梯很窄，弯弯曲曲地通到上面黑暗的大厅，那里或许是个神秘的塔楼，有谁知道呢！往上看，街对面有一个高高的窗户，他们看到一个奇怪的老妇人正往窗户外面的绳子上晾衣服。她洗了六条红色长内裤和六副红色长手套，好像她就是圣诞老人的夫人似的。

最后他们来到一个用木板围起来的开阔的角落。在这个角落上面是大楼的墙壁。这座大楼正在被一层一层地拆毁，只剩下那高高的、参差不齐的墙壁，像山峰似的立在那儿。从其中一些墙壁上那七零八落的大块壁纸，可以辨出些原来房间的痕迹。

他们能够听到篱笆外面的咔咔声和砰砰声，好像工人们正在忙着拆毁楼房。但是当阿曼德领着他们走过出口时，孩子们把眼睛瞪得好大。

沙子铺地的院子里支满了凑合藏身的帐篷。在帐篷之间放着两个自动捕鼠器。围在火堆旁边的黑皮肤男人们正在用铁锤修理那些旧平底锅。穿着华丽裙子的黑眼睛女人们正在拉湿沙子。长着有点儿像野狐狸脸的孩子们正盯着他们看。接着，五只狗狂叫着朝他们跑来。

他们还没弄清楚发生了什么事情，小狗乔乔就跳起来朝那些狗冲去。原来那儿有一大群狗在乱咬乱叫。接

着,一个吉卜赛女人拿着棍子跑过来,开始打那些嗷嗷乱叫、拼命撕咬的狗。那些狗由于疼痛和恐惧停止了撕咬和狂叫。阿曼德急忙抓住小狗乔乔,把它往后拽。那个吉卜赛女人放下棍子,开始低声地、温柔地对狗说话。它们叫了一会儿,然后友好地朝小狗乔乔叫着,好像它已经完全被它们接受了。

"阿曼德!"米勒里叫道,"欢迎你,老朋友。看起来你好像已经来了一会儿了。"她看着孩子们。保罗和苏西正躲在阿曼德的身后战战兢兢地偷看。"欢迎你们,小家伙。"她说,"你们在这里不会孤独。我会给你们弄点儿吃的。"她帮着伊夫琳从手推车上下来。

"我们没有空着手来。"阿曼德边说边从他的手推车里拿东西。他先拿出了一把芹菜,接着又拿出了几个苹果,最后他自豪地举起了一个燸光了毛的小牛头。

孩子们吃惊地盯着这些吃的东西,好像他是个能从高举的帽子里变出食物来的魔术师。"你们不知道这些东西是怎么掉到我车上来的吧?"他对孩子们说,"尤其是车上还坐着伊夫琳。我一定是路过海利斯时触到什么东西了。"

那些吉卜赛孩子围在小凯尔西特们周围。男孩子们没有外套儿,他们穿着打补丁的裤子;女孩子们穿着华丽的裙子,裙子从破烂的外套儿里拖到地面。她们眼睛

上面的黑色刘海儿被剪掉了。他们觉得这些小凯尔西特长得怪模怪样的。他们用手指抚弄着伊夫琳的红头发,摸一摸苏西那粗糙的黑色外套儿,然后又摸摸自己的灰色破衣服。

"你们的衣服看上去很难看。"一个吉卜赛女孩说,"但是你们的头发很漂亮。"

一个吉卜赛男人放下他的锤子,像米勒里一样热情地向他们问好。"我们的营地再住十来个人是没有问题的。"他说,"你们可以与佩特罗、阿曼德一起住那个帐篷。佩特罗现在就在那儿的床上。他不喜欢寒冷,所以他整个冬天都在睡觉。"

"女孩子们可以和我们一起住在车里吗?"一个吉卜赛女孩喊道。她还问苏西的年龄。她的衣服是所有女孩中最漂亮的,她耳朵上戴着金耳环,但是她的高跟鞋因为没有鞋带,所以走起路来冬冬地响,像穿着高筒靴似的。

"你可以住在我们的帐篷里。"一个高个子男孩对保罗说,"它就挨着面包房,所以又暖和又好。"

那个吉卜赛女孩抓住苏西的手说:"我叫蒂恩卡。你叫什么名字?"

"蒂恩卡。"苏西重复道,"多么好听的名字啊!我叫苏西·凯尔西特。这是我弟弟保罗,我妹妹伊夫琳。我们

没有住的地方。"

"我领你看看我们的家。"蒂恩卡提议道,"我还要带保罗和伊夫琳看看。"她领着他们三个穿过帐篷间的小道。蒂恩卡的家就在远处的一个角落里。这是一座圆顶子的小房子,安着雕刻了的棕色门和百叶窗。它不是建在地面上,而是安在轮子上。难怪这些长着红头发的孩子一看见它就啧啧赞叹。

"带轮子的吉卜赛房子!"保罗说,"这就是我想拥有的那种家。"

"我们能把我们的房子带到我们想去的地方。"蒂恩卡自豪地说,"我们只需把它挂在尼基叔叔的汽车后面就可以移动。"

苏西的眼睛开始像蓝色的火焰一样燃烧着。她掐了一下保罗的胳膊说:"圣诞老人可以给我们拉来一座带轮子的房子。"她叫道,"他能拉来。"

"我们告诉阿曼德先生吧。"保罗说,"他能把我们的决定告诉圣诞老人。"

第六章

在吉卜赛营地

孩子们想要一座带轮子的房子的渴望困扰着阿曼德。现在,有什么办法能让他们不考虑像房子这样的事情呢?

"现在你们不必让圣诞老人给你们带一座房子来了。"他说,"蒂恩卡会让你们和她住在一起的。而保罗会住在一个舒适的帐篷里。"

"可我们想要我们自己的家。"苏西说,"我们想要一座我们自己一家人居住的带轮子的房子。当我们能在一个地方待下来时,就把轮子卸了。"

"不,我们不要老想带轮子的房子了!"保罗叫道,"我们不停地朝着新地方走。我想像吉卜赛人那样生活。"

"要是你总搬家,就不能去上学了。"苏西提醒他。

保罗显得无所谓,似乎上不上学对他来说关系不大。

带轮子的房子里面和外面一样好。房间后面放着一

个大羽毛褥垫。沿着墙有一层层的架子。擦得锃亮的铜锅悬挂在小火炉的上面。苏西发现这座小房子是吉卜赛营地中最整洁的地方。

"我们晚上在地板上可以多放几个羽毛褥垫,所以你们可以在这儿睡觉。"蒂恩卡解释说,"所有的女孩子都可以在这儿睡觉。但我们不能把东西弄得乱七八糟,因为妈妈总是把房子收拾得很整洁。"

他们在这座带轮子的房子里待了很久。蒂恩卡坐在地板上,给他们讲她旅行的故事。

"每年春天,我们都去地中海的普罗旺斯。"她说,"我们在古老的罗马废墟中建立营地,在温暖的溪流中沐浴。你愿意和我们一起去普罗旺斯吗?"

苏西虽然非常感兴趣,但是她还是固执地摇摇头。"我必须去上学。"她说,"我想妈妈肯定哪儿也不去。她不去,我们也不能去。我们是一家人,我们必须待在一起。"

蒂恩卡理解她。"我们吉卜赛人也都待在一起。"她说。

时间过得很快,阿曼德差点儿忘了孩子们的妈妈。

他见天就要黑了,便对他们说:"你们在这里等着。我去接她。"

阿曼德匆忙往回返,他穿过街道,那儿的雪已经化

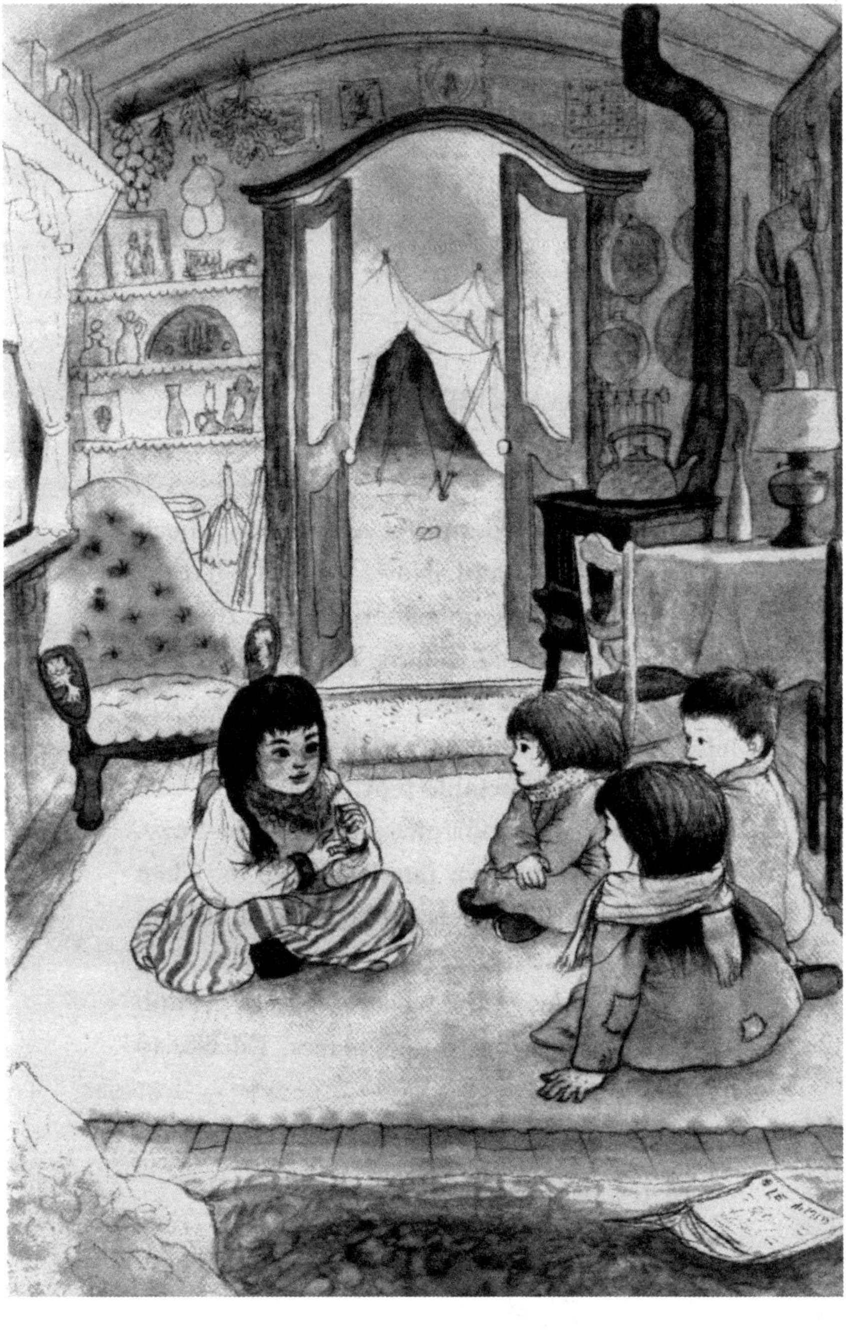

成了水。海利斯比以前更加嘈杂、更加热闹了，因为那儿大多数的工作都是在晚上干的。夜里，大卡车从法国各地开进来，把食物运到食物匮乏的巴黎。

他到大桥时天已经黑了。他正好接着了凯尔西特夫人。她已经往台阶下走了。

起初她很不愿意听阿曼德说话。她匆匆忙忙走下来，连头也没有回。但是当她看到她的孩子们和所有的东西都不见了的时候，她才不情愿地听他讲。当阿曼德把这一切告诉她时，她突然大哭起来。

"她们为什么不让我跟我的孩子们待在一起？"她说，"我只想着设法使我们一家人在一起。"

"没有关系，夫人。"阿曼德拍拍她的肩膀说，"孩子们住的地方很安全，那里有我的一些好朋友。他们也欢迎你去那儿。我早就应该想到这一点。那里比在大桥下强多了。"

凯尔西特停止了哭泣，跟着他朝海利斯走去。

"我想向你道歉。"她谦恭地说，"你是个好人。"

阿曼德感到不自在，便说："等你见到我的朋友们再说吧。"他敢肯定，在她见到他们的时候，她就不会谢他了。

街上的灯光一直很暗，凯尔西特夫人在阿曼德后面走，跟他保持着几个台阶的距离。阿曼德知道，她是害怕

被别人看见她与一个流浪汉在一起。但是他并不介意她这么想。他早已失去了自己的傲慢。

当他第三次穿过海利斯街时,那儿的工作已经达到了高潮。现在凯尔西特夫人必须跟他靠近些,才不会迷路。他们常常被筐子撞上。有一次凯尔西特夫人差点儿被一辆卡车撞倒。直到走进黑暗的胡同,他们才松了口气。

当阿曼德领着她经过木篱笆时,这个女人做出了他意料之中的反应。看到眼前这种情景,她气得眼睛直冒火。

一群皮肤黝黑的吉卜赛人聚集在营火周围。他们身后高耸着的高楼峭壁,把这里衬托成了光秃秃的西班牙山脚下那孤零零的吉卜赛营地,而不是巴黎拥挤的中心地带。

其中一个男人正在弹吉他,一个女孩正在跳舞。蒂恩卡在这个女孩后面跟着跳,想用心记住舞步。火光映照着三个长着红头发的孩子,他们正在随着音乐的节奏拍手。

"吉卜赛人!"凯尔西特夫人尖叫道,"你把我们带到吉卜赛人这儿来了!"接着,在羞愧和绝望中,她用头巾捂住脸,呜呜地痛哭起来。

"夫人。"阿曼德说,"你这样大哭,天都要下雨了。"

"想想我们落到了什么地步。"女人哭泣着说,"我的孩子们竟然与吉卜赛人住在一起!"

"吉卜赛人怎么了?"阿曼德问,"你认为你比他们好吗?你比他们更善良吗?你比他们更慷慨吗?"

"我是诚实的。"女人透过头巾低声说道。

"如果你不善良,不慷慨,那你的诚实有什么用?"阿曼德反问道,然后他用一种柔和的语调说,"夫人,你可能认为他们是小偷、是无业游民,但是他们也是工人啊。他们以他们精细的金属制品而自豪。他们有权利自豪。他们是工艺品专家。你会修理半个锅底都烧坏了的锅吗?"

"他们是小偷。"凯尔西特夫人坚持说。

"其实他们并不坏。"阿曼德说,"他们不知道有一条禁止偷盗的戒律。你现在一直在谈论连在一起的家庭。那么,我们都是上帝的贫苦大家庭中的成员,所以我们需要待在一起互相帮助。"

凯尔西特夫人用头巾擦干了眼泪。"我没有别的地方让孩子们住。"她承认道,"我嫂子给我打听到的房子,我付不起房租。我想我必须感激这儿有一个容身之处。"

吉卜赛人礼貌地接纳了她,米勒里甚至提议给她算命,不过被凯尔西特夫人拒绝了。蒂恩卡给她端来一碗炖肉,放在火炉边。"这是很好吃的鸽子肉。"她解释说,

"我的尼基叔叔在广场上抓的。他的手很麻利。"

凯尔西特夫人看着这碗炖肉并没有什么食欲,但是肚子却饿得咕咕直叫。于是她尝了一匙,之后,她承认道:"味道真的很不错。"

三个孩子都围在他们的妈妈身边。

"这儿比在桥下好多了。"保罗说。

"你一定会看见可爱的带轮子的小房子。"苏西说,"阿曼德先生会告诉圣诞老人给我们送来一座房子的。"

"你们可以在里面睡觉。"米勒里礼貌地对凯尔西特夫人说,"有一张软床可以供你和你身后的女孩子们睡觉用。"

"你太好了。"凯尔西特夫人说,"但是我们待在这里该向你付钱。"

"我们不收朋友的钱。"米勒里自豪地说,"我们只收陌生人的钱。"说完,她就从帐篷后面消失了。

苏西发现睡在羽毛软垫上比和吉卜赛孩子们睡在地板上更舒服。

第二天一早,凯尔西特夫人就回去上班了。后来吉卜赛男人们也离开这里去给饭馆修理锅和盘子去了。

孩子们还留在院子里。苏西对蒂恩卡说:"我猜你们现在正离校度圣诞假期。"

"我们永远都在度假。"蒂恩卡说,"我们不上学。"

苏西很吃惊。"那么你们怎么学会看书和写字呢?"她问。

"我们不会看书,也不会写字。"蒂恩卡说。

苏西更吃惊了。"那我来教你。"她说,"我们今天早晨要上课。"

苏西拿出她那磨得很好的炭笔。她有很多的空白墙作黑板。她仔细地写出字母表中的每个字母,写的同时还读出声来。

阿曼德枕着一块木柴躺在地上。他正注视着这个幽默的小老师。"你们会在墙上写告诉人们回家的指示牌或告示牌吗?"他问道。

苏西慢慢地摇摇头。然后她把炭笔交给蒂恩卡,命令道:"现在你照着写。"

蒂恩卡朝她诡秘地笑了一下。在苏西写的字母下面,她很快画了两个圈,一个在另一个里面。

苏西皱了皱眉。"那不是字母。它没有任何含义。"

"噢,它是字母。"蒂恩卡咧开嘴笑着说,"如果你看见大门附近有这样的标志,那就意味着住在里面的人们善良、慷慨。"她又迅速画了一条竖线,然后用两条短线在上面打了个叉。"但这个标志的意思是乞丐不受欢迎。人们甚至会放狗去咬他们。"

阿曼德醒悟过来了。"我会记住这句话。"他说,"我

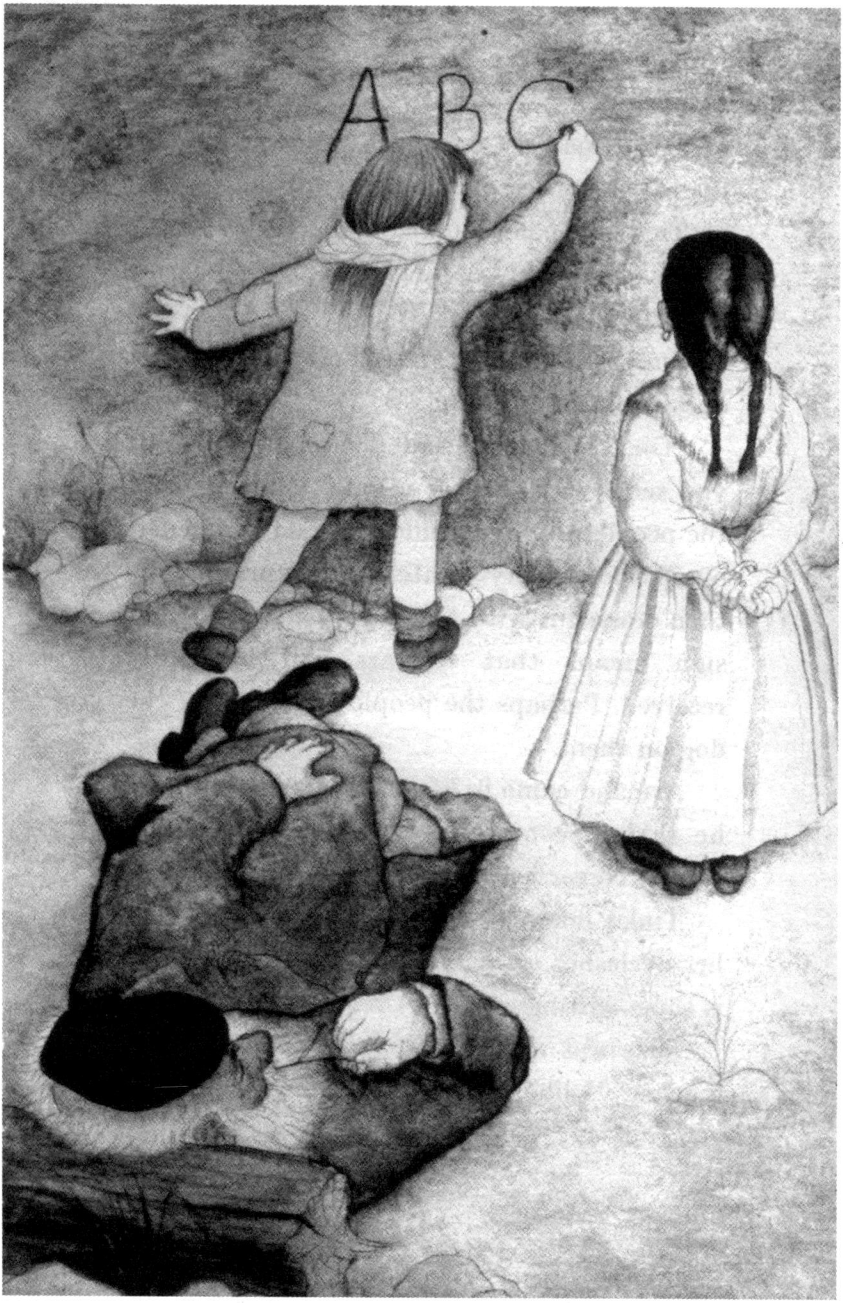
A B C

似乎上错了学。我从来没有学过这么有用的知识。"

蒂恩卡笑了。她忽闪着眼睫毛,调皮地对苏西说:"瞧,有些字你看不懂。"

苏西不仅乐于当老师,也愿意当学生。"我喜欢学习新东西。"她告诉蒂恩卡,"现在你再教我一些吉卜赛的文字。"

阿曼德吃力地站起来。"这对我来说太高深了。"他说道,"我还是到城里散会儿步吧。"

这回孩子们没有请他把他们带走。他们不再烦恼和孤独了。保罗和男孩子们很快对苏西的学校失去了兴趣,他们都在帐篷之间玩儿一种"狼扑羊"的游戏。

但是苏西有一个要求。她说:"阿曼德先生,请你去罗浮宫商店告诉圣诞老人给我们把房子带来好吗?如果他能给我们带来一座像蒂恩卡家的带轮子的小房子,我们就满意了。"

阿曼德点点头说:"好吧。"接着,他又说:"没有多少时间了。明天晚上就是圣诞前夜了。"

第七章

参加圣诞晚会

圣诞节前一天,孩子们除了企盼圣诞老人能给他们带来带轮子的房子以外,什么也没有谈论。就连那些吉卜赛孩子们也为此兴奋不已。

"到那时,你们肯定会在春天的时候和我们一起到普罗旺斯去。"蒂恩卡诱惑道,"佩特罗的汽车能拉动你们的房子。我们都要去圣萨拉圣地朝圣。"

"圣萨拉是谁?"苏西问,"我从没有听说过她。"

蒂恩卡很吃惊。"如果你上过学,"她说,"我想你会知道得更多。难道你不知道在耶稣被钉死在十字架之后,圣玛丽·雅各布和圣玛丽·萨勒姆被基督的敌人抓住,然后把他们放在没有方向舵和篷子的小船里吗?当然,圣萨拉和他们在一起,因为她是他们的女仆。风把他们的小船吹到了普罗旺斯的岸边。所以现在那儿有一座教堂,圣萨拉的雕像就在教堂地下室里。五月份吉卜赛人都去那儿朝圣,因为圣萨拉就是个吉卜赛人。"

"我想去看看圣萨拉。"伊夫琳说道。

保罗说:"我想去看看地中海。"

"我也想看看那里所有的东西。"苏西渴望地说,"但是我们必须先完成我们的学业。"

"我们找不到家就不能去上学。"保罗提醒她,"还记得妈妈说的话吗?"

"可是开学时我们就会有一个家的。"苏西说,"圣诞老人今天晚上就会给我们带来一座房子的。"

阿曼德长叹一声,他要是能打消他们要房子的念头该多好啊!

"今晚去参加圣诞晚会好吗?"他问,"有免费的食品和歌曲演唱,上百人都去参加,你们去不去?"

正像他所预料的那样,孩子们立刻忘了他们要的带轮子的房子。

"在哪儿?"保罗问,"在一个很大的地方吗?"

"不完全对。"阿曼德答道,"晚会将在图尔奈勒大桥下举行。"保罗的脸沉了下来。"但那将是一个非常隆重的晚会,我可以向你保证。"阿曼德继续说道,"巴黎圣母院大教堂的人们每年圣诞前夜,都给巴黎所有的流浪汉和他们的女人们举行这种晚会。他们将唱圣歌,吃德国泡菜和牛肉熏香肠。"

保罗又高兴起来了。"我喜欢吃。"他说,"我最喜欢

吃德国泡菜和牛肉熏香肠。"

"也许妈妈不让我们去。"苏西说。

"她也能去。"阿曼德说,"这毕竟是为无家可归的人们举行的晚会,所以会使她成为一位不同寻常的客人。"

"吉卜赛人也可以去吗?"苏西问,"我想带蒂恩卡一起去。"

但是吉卜赛人说他们有自己庆祝圣诞前夜的计划。当问蒂恩卡这些问题的时候,她只是咧着嘴笑,而且举止看上去很神秘。

令人非常惊讶的是,凯尔西特夫人竟然同意去参加大桥下举行的圣诞晚会。"我今年没为孩子们做什么事情。"她说,"他们有个奇怪的想法,认为圣诞老人会给他们带来一辆吉卜赛篷车。也许晚会能让他们忘记这件事情。"

尽管吉卜赛人拒绝参加这个晚会,尼基还是会用他那辆破旧的汽车把他们送到那儿去。

"我在哈尔丁代斯普兰提斯公园有点儿事,必须开车出去。"他解释说。

凯尔西特一家人很激动。他们从来没有坐在汽车里兜过风。他们紧紧地靠在座位上。小狗乔乔坐得直直的,好像它很习惯似的。

尼基开车冲向狭窄的街道,朝挡他路的行人和车辆

叫骂着。他自己的汽车劈里啪啦、嘎啦嘎啦、丁零当啷，好像随时都会散架，但是它还没有彻底报废。

这是一个寒冷的夜晚，夜空晴朗。所有的标石都被泛光灯照亮了。街灯向塞纳河抛下了金色的丝带。这辆破旧的汽车嘎啦嘎啦地通过了图尔奈勒大桥，然后停在了路边。凯尔西特一家人马上跳下车来。阿曼德背朝外吃力地下了车。小狗乔乔一下就跳了下来。

他们从台阶的最上头能够看见晚会。正像阿曼德所预料的那样，这里很拥挤。码头上已经支起了大帐篷——一个会使吉卜赛人高兴的大帐篷。教区的小男孩和小女孩正从帐篷里抬出蒸食物的蒸锅。德国泡菜的香味儿太诱人了，简直令人无法抗拒，这使保罗最为高兴。

"我们赶紧下去吧，要不他们都吃完了。"他催促道。

但是苏西的眼睛正从塞纳河望到斯德岛，巴黎圣母院就像一个被照亮的神圣的梦境。它的拱扶垛和高耸的塔尖被灯光照得通明。

"是不是很漂亮？"苏西赞叹道，"这就像是在面包房里做的，对吗？"

然而凯尔西特夫人已经转身向那座大桥上面的豪华饭店望去，只见那高耸的饭店的一个个窗户，都闪着明亮的灯光。

"那些穿着漂亮衣服的富人正坐在白色的餐桌前。"

她羡慕地说。

"花那么多钱吃丰盛的晚宴会使他们消化不良的!"阿曼德说,"快!对我来说,那德国泡菜闻起来就像一顿丰盛的晚餐。"

当他们来到台阶下面的时候,发现隧道比码头那儿还要拥挤。从远处延伸过来的帆布帐篷把这里挡得水泄不通。帐篷上面系着彩色的丝带。一棵经过装饰的圣诞树摆在用木板搭的高台上。四周的木炭火炉使得空气暖烘烘的,许多衣衫褴褛的客人正朝着火炉围拢过来。其他人则坐在路边狼吞虎咽地吃着锡碗里的饭。一些女流浪者正背对着大桥坐着,她们谈论着政治、垃圾箱和冻疮。但是大多数流浪汉只是站在周围等待着什么事情发生。

阿曼德截住一个端着好些锡碗的小姑娘。"就在这儿!"他说,"这就是我们说的等你的地方。"他给凯尔西特一家人腾出一些地方,让他们在路边坐下,可凯尔西特夫人仍然站着不坐。

"我来帮你分发食品。"她向这个姑娘提议道,"我其实不是个流浪者。"

除了德国泡菜和牛肉熏香肠之外,还有汤、猪肉、奶酪和橘子。阿曼德吃得快要撑破肚皮了。他们轮流喂小狗乔乔东西吃。"你们必须像骆驼一样,为下一个圣诞前

夜储存点儿能量。"阿曼德对孩子们说。

他们不需要催促。可苏西不停地问:"我们什么时候回去呀?"

"难道你们不想看晚会了吗?"阿曼德问,"瞧!舞台上有一个人要演奏手风琴了,我们可以一起唱圣歌。你们现在不想去吗?"

"真不想去。"苏西说,"我实在忍不住了,我想看看圣诞老人是否给我们带来了吉卜赛房子。"

阿曼德放下了牛肉熏香肠。孩子们又提起房子的事情了。现在小凯尔西特们想回到那个院子去,只是因为他们感到非常失望。一想到破坏了这个提供免费食品和娱乐的快乐夜晚,他就很难受。他降低了声音。

"听我说,"他对孩子们说,"圣诞老人让我答应他不把这个说出去,但实际上他不会给你们送来带轮子的房子。今年有太多的吉卜赛孩子要这种房子,所以他没有剩下的了。"

"没有给我们剩下房子?"苏西用颤抖的声音问道。她潸然而下的眼泪在木炭火炉的映照下像钻石一样闪闪发光。"你的意思是说,他不会给我们送任何种类的房子?"

"我绝不是那个意思。"阿曼德吞吞吐吐地说,"噢,我本不打算告诉你们这些,但事实上是他正在讷伊热请

人给你们建一座房子。现在还没有建好呢。你知道,他们在圣诞节期间不能建房子。他们甚至还没有动工呢。"

苏西的眼睛比钻石还亮。"一座真正的房子?"她用一种平静的语气问,"一座拔地而起的房子?"

阿曼德点点头。"但是一定不要告诉你们的妈妈。"他说,"记住我的话。我真不该告诉你们。我向圣诞老人做过庄严的承诺,说我会严守这个秘密的。"

孩子们很忙,没有时间告诉他们的妈妈。而凯尔西特夫人本人也很忙碌,因为来这里的流浪汉很多,超出了她的预料。但是伸手去拿德国泡菜和牛肉熏香肠却很方便。

接着这群流浪汉和他们的女人们、朋友们随着手风琴的伴奏唱起了圣诞颂歌。他们大多数人的嗓子不好,常常跑调,只是他们自己感觉很美妙。

阿曼德准备午夜离开。他抱着一个大硬纸盒,这是别人在帐篷旁给他的圣诞礼物。他知道里面装满了果酱、水果和香烟。他想把这个盒子作为圣诞礼物送给那些吉卜赛人。

凯尔西特夫人并不想直接回去。"我们必须做码头上的午夜弥撒。"她说,"是那个女孩告诉我的。"

在图尔奈勒码头的开阔地上,建起了一个圣坛。穿着崭新衣服的神父在阿曼德和凯尔西特一家人到达之

前就已来到了圣坛附近,神父后面跟着圣坛男孩。许多流浪汉待在那里等着做弥撒。

伊夫琳倒在母亲的怀里睡着了。小狗乔乔虽然是第一次做礼拜,但是它很安静,很有礼貌。

阿曼德感到不舒服,他把身体重心从一只脚移到另一只脚。自从他上次做弥撒以来,已经隔了很长时间了。这一次很幸运,在外面的码头上做。他们不会把他拉进一个巨大而奇特的教堂里。

还有别的事情使阿曼德感到不舒服。那就是凯尔西特一家人目前所处的困境。他怎么就把自己与这一家人绑到一起了呢?他怎么就陷入这个困境了呢?现在的情形是,那些小家伙们已经恳求他与他们待在一起。这就是他们偷走他那颗心的方式。以前他从来没有感到被人这么需要过。可现在他对他们撒了谎。根本就没有什么拔地而起的房子——根本没有为他们建的房子!

他痛苦地抬起眼睛,望着圣坛上面——巴黎天空中的星星说:"上帝,我恳求你。"他在心里默念着,"我已经忘记了如何祈祷。我所知道的就是如何乞求了。所以我乞求你为这无家可归的一家人找到一间房子。"

接着,他感到很不好意思,他发现他正在用通常的乞讨方式向上举着他的贝雷帽。他赶快把帽子戴到头顶上。

第二天一大早,当他们回到营地时,发现所有的吉卜赛人都醒了,就连佩特罗也醒了。他们很快知道了事情的原委。

"瞧!"蒂恩卡高兴地叫道。她用手指着吉卜赛人房子前面的一棵美丽的冬青树,大声说道,"圣诞快乐!"

这棵冬青树是一棵不同寻常的灰绿色的树,树叶是像羽毛一样柔软的针叶。美丽的树枝上挂着用红色、白色和蓝色的纸包着的一些小盒子,那些纸就像是在海利斯附近捡的。在树顶上挂着一颗铜制的星星,就像是吉卜赛人用来补锅和盘子的补丁。

"我想这棵树是巴黎最茂盛、最美丽的一棵树。"尼基夸口说,"这是我几小时之前在哈尔丁代斯普兰提斯公园砍下来的。旁边的牌子上说它是来自印度的一棵很稀有的树。"

吉卜赛孩子们把小纸盒从树上拿下来,送给了凯尔西特一家人。他们手里拿着坚果、糖和小赛璐珞玩具。

"我们喜欢送给朋友礼物。"蒂恩卡说,"也许那是因为把礼物送给幼年基督的哲人之一是个吉卜赛人。"

"我以前从来没有听说过。"苏西说。

蒂恩卡生气地看着她问道:"你在学校除了学那几个字母之外还学什么了?"

没等苏西回答,阿曼德便给吉卜赛孩子们拿出他的

盒子里的东西。他慷慨地补充说："这盒子里的东西也是凯尔西特一家人送给你们的。"然而最使他吃惊的是,凯尔西特夫人拿出一个用报纸整齐地包着的小包送给他。这个礼物马上散发出一阵芳香。他把包打开,看到一条光滑的粉红色的肥皂。阿曼德端详了好久,用鼻子闻了又闻。

"这正是我需要的。"阿曼德礼貌地向她道谢。

第八章

警察来了

老阿曼德发现他很喜欢吉卜赛营地的这些人。他喜欢背靠着篱笆坐在那里,看着苏西教吉卜赛女孩子们写字,看着保罗和男孩子们玩游戏。

但是,苏西心事重重。当她看到保罗和男孩子们在一起时,她常常愁眉不展。最后她带着她的问题去找阿曼德。

"我对我的弟弟很担心。"她像个成年人一样说道,"他的行为一点儿也不像我们家里的人了。他总是和吉卜赛人一起玩,他几乎不再接近我和伊夫琳。可我们是他的家人啊。"

阿曼德自己也注意到了这一点,但是他还是设法安慰苏西。"保罗是个男孩嘛。"他说,"所以他自然不想总和女孩子们待在一起。你也不想把他放在女孩子堆儿里吧?"

可是苏西生气地指着院子的对面。"你瞧瞧!"她喊

道,"就连他站的样子都像个吉卜赛人了。"此时保罗正懒散地站在那儿,一条腿搭在另一条腿上,看上去像一只小鹳。

"人们都有不同的休息方式。"阿曼德让她放心,"现在,对我来说,躺下是最好的休息方式。"

保罗自己还没觉察出姐姐对自己的不满。有一天他对他们说:"如果我是个吉卜赛人该多好啊。我喜欢他们那样的生活方式。我希望春天时能和他们一起离开。"

阿曼德想办法开导他说:"如果上帝想让你成为一个吉卜赛人,他就会让你成为一个吉卜赛人的。"他还说:"上帝不想让每一个人都四处流浪,住在帐篷里。你也不想长大后把一辈子的时间都花在打锡锅上吧?"

保罗皱着眉,板着脸,用脚尖掘着沙子。看到他那双破烂的鞋被包上了亮亮的铜片,阿曼德笑了。保罗望着他的表情,然后也笑了。"那些男孩帮我修了鞋。"他解释道。随后他就跑到了他们中间。

"你瞧瞧,"苏西说,"他甚至在学怎么用铜去干修理的活儿。"

阿曼德还想对她说点儿什么,但是他的嘴只是张着打哈欠,舌头已经不听使唤了。

一个警察进了院子。看上去他是一个严厉的警官。他穿着笨重的外套儿和肥大的斗篷。他的帽子压在他的

浓眉上边。

保罗跟着吉卜赛男孩们一溜烟地钻进了帐篷。大多数男人走了,剩下的几个人像男孩们一样迅速地消失了。就连那些小狗,包括乔乔,也都夹着尾巴,跑到停在院子里的一辆汽车下面去了。

米勒里从篷车的台阶上站起来,走上前去迎接这个警察。"先生,我给你算算命好吗?"她用最温柔的声音问道,"让我来给你算算命,也许有一个升官的机会在等着你。"

警察没有理睬她的话。"尼基在这儿吗?"他粗声粗气地问。

"不在。"米勒里很快答道,"他走了。"

"去哪儿了?"警察问。

米勒里耸耸肩说:"他到镇子外面去了。"

"他什么时候回来?"警察继续问道,"明天能回来吗?"

"谁知道呢?"米勒里含糊其辞地说,"今天是不在,明天回不回来也没准儿。"

警察转身大步离去。

立刻,每个帐篷出口都出现了吉卜赛人的面孔。那些狗也悄悄地从汽车下面出来了。女人们聚集在米勒里周围,男人们和孩子们也很快围过来。

"他们要逮捕尼基。"其中一个男人猜测道。

"一定是因为他砍了圣诞树。"保罗说。

"他们想抓他去当兵。"一个老妇人哭着说,"我想是这样。他们把我的蒂尔多拉抓到军队里去了。从此他就再也不是原来那个样子了。他放弃了流浪生活,在一处房子里住了下来。"

所有的吉卜赛人都惴惴不安。他们谁也没有说话就开始收拾东西、拆帐篷。当他们开始收拾佩特罗的东西时,他还满腹牢骚,但当他得知是这个原因的时候,他突然醒悟过来,好像一盆冰水泼在他的脸上。

"等到其余的男人从餐馆回家后,我们才能离开。"米勒里说。她走到出口处,悄悄向街道望去。

凯尔西特夫人的孩子们看到这种情况,也警觉起来。他们从来没有见到过吉卜赛人干活这么卖力,这么迅速。

"你们要离开?"苏西叫道。

"如果警察来拜访我们,我们总是要离开的。"蒂恩卡说,"如果我们不离开,有人就可能被抓进牢里。"

米勒里问阿曼德:"你为什么不想和我们一起走呢?"她邀请道,"你和凯尔西特一家人都和我们一起走好吗?普罗旺斯现在晴空万里,鲜花盛开。"

"我和你们一起走。"保罗含着眼泪喊道,"我想做个

吉卜赛人。"

"不,不!"苏西抓着他的胳膊喊道,"我们不能跟吉卜赛人一起离开。我们必须和妈妈待在一起,我们是她的孩子。"

保罗从她的手中挣脱出来。"我讨厌住在潮湿阴冷的地方。"他说,"如果我是个大人,我就去上班,挣够钱给我们买一所房子。"苏西又抓住他,生气地摇晃着他说:"你总是夸口说如果你是个大人你就会怎么样。"接着她反驳道,"你现在还是个小孩儿,你最好还是想想你现在该做些什么。"

"我要跟吉卜赛人一起走。"保罗又重复了一遍,并设法从她手中挣脱出来。

"噢,阿曼德先生,请不要让他走。"苏西恳求道。阿曼德把手轻轻放在保罗的肩膀上,劝他说:"你不能和他们一起走。你必须和你的家人待在一起。"

"我为什么不能走?"保罗反问道,"我为什么必须待在这儿?"阿曼德两手抱着胳膊,眼睛向下盯着这个红头发的男孩说:"你不能走是因为——因为——因为你长着红头发。这就是你不能走的原因。"

"红头发有什么关系呢?"保罗问。

"这关系可大了。"阿曼德回答说,"你知道吉卜赛人能把一个红头发的孩子带多远吗?别人会以为他们把你

绑架了,警察会把你安置在某个陌生人的家里,再把吉卜赛人投入大牢。"

苏西突然感到眼前情况不妙。"我们现在就没有地方待了。"她说,"你认为我们的新房子会及时准备好吗,阿曼德先生?"

阿曼德羞愧地低下了头。

"如果我们能马上搬到那儿,"保罗说,"我就不跟吉卜赛人一起走了,我愿意留下来帮你们搬家。"

"你带我们去看一下好吗?"苏西向阿曼德乞求说,"那样我就能看看房子是不是快建成了。"

阿曼德把头放在两手之间。"没有给你们盖什么新房子。"他坦白地说,"这纯粹是一个错误,原来盖房子的人不想让孩子和狗住在里面,你们知道新建的房子是什么样子吗?他们想让房子保持原来那个样子。"

"没有我们的房子?"苏西尖叫道,"什么都没有?"

阿曼德不敢看她的眼睛,保罗向吉卜赛人跑去。

当其余的男人回来后,听说警察突然造访过,都感到人心惶惶。尼基由于被警察找过而更加心慌意乱。

"今天真倒霉,我把装了一周薪水的钱包给丢了!"他叫道,"我知道我把钱包丢在了笑蛙餐馆。那个老板说,如果找到我的钱包,他会给我送回来。"

"哼!"阿曼德轻蔑地说,"谁会归还一个装满钱的钱

包?早就有人收起来了!"

佩特罗设法安慰他。"我们可以花我口袋里的钱。"他提议说,"那我们必须一起工作。我可不是头脑发热。"

带轮子的小房子被挂在一辆汽车的后面,吉卜赛人和他们的狗都坐在座位上,小狗乔乔也叫着想走,因为它在圣诞前夜坐过那辆车,而且当时很愉快。

"我们给你们留下了一顶帐篷。"尼基喊道。

"其实,在这个院子里我们差不多还可以待一周。"米勒里补充道,"我们一直在向那些拆楼的人付房租。"

汽车已经发动起来了,接着就朝着出口慢慢地驶出,吉卜赛人在挥手告别。蒂恩卡给了苏西一个飞吻。小狗乔乔企图跟着车跑,但是阿曼德把它叫了回来。苏西和妈妈、妹妹曾经住过的带轮子的小房子在街道上消失了。

吉卜赛人走了,院子里除了一顶风吹日晒的帐篷和营火的死灰之外,没有留下什么痕迹可以表明他们曾经在这里住过。

后来,留下的人注意到院子里少了点儿什么。保罗不见了。他走了。

"他跟他们走了。"苏西哭着说,"保罗跟吉卜赛人一起走了。"

伊夫琳开始大哭。"我要保罗。"她哭着说,"我要我

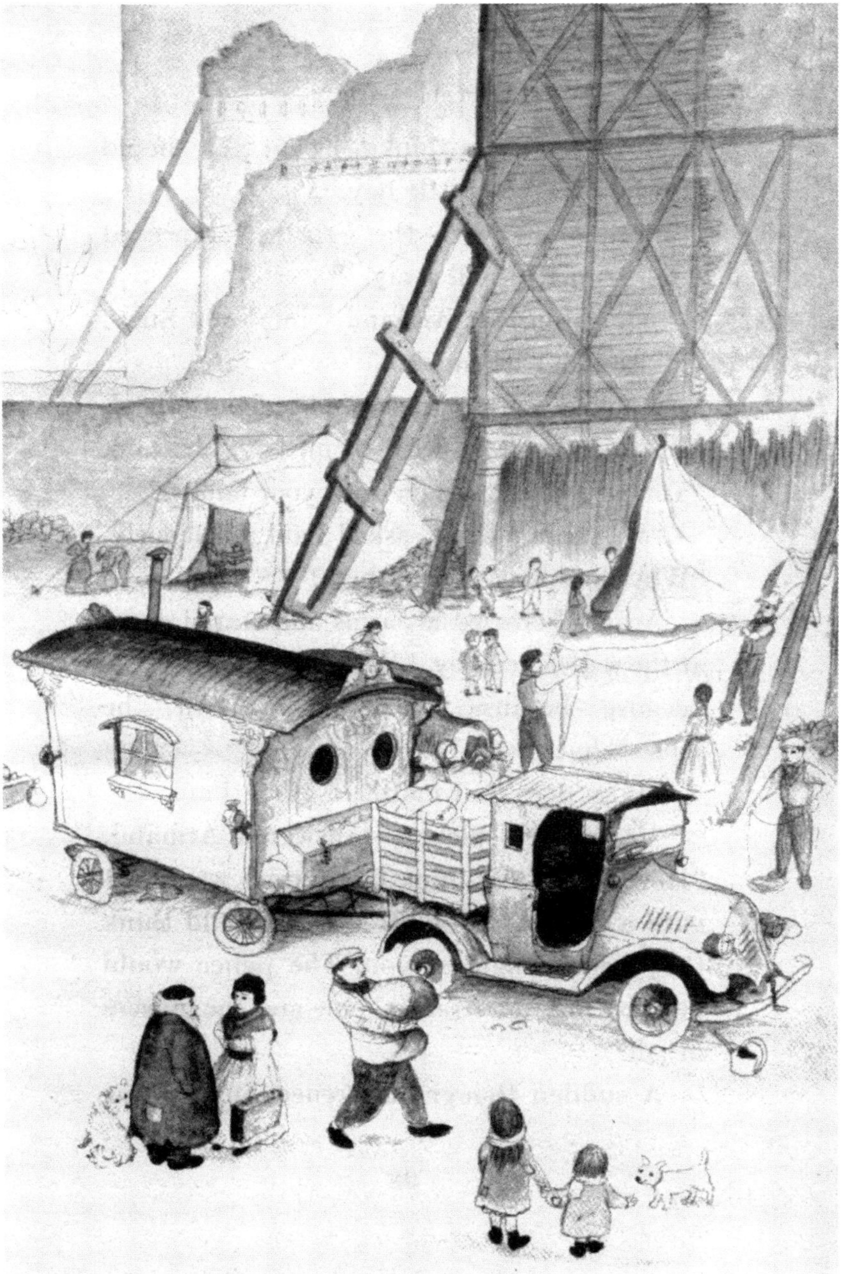

的哥哥。"

"糟了,糟了。"阿曼德嘴里咕哝着,"这可怎么向夫人交代呀!"

他默默地开始为孩子们准备一顿凉午饭。吉卜赛人在帐篷里留下了一些奶酪和面包,但是似乎没有人觉得饿,就连小狗乔乔似乎也不饿。阿曼德觉得他应该为此事负责。他背对着篱笆坐下,不停地思索着。唉!唉!唉!这全是他的错。是他把孩子们带到吉卜赛人这里来的。当时他只是想设法帮助他们,没想到他竟与这些小家伙们难舍难分了。现在他与他们都走投无路了,可这是他造成的吗?不。他本来可以站起来一走了之。他可以推着他的手推车通过篱笆出口,再也不回来。

想到这里,他站起来,朝着出口看。令他吃惊的是,他看到一个可怜的小孩儿走了进来。

"保罗!"他大声喊道,"真的是你吗,保罗?"

那孩子伤心地点点头。好像他希望他是别的人似的。

"你离开吉卜赛人回到我们这里,因为我们是你的家人。"苏西高兴地叫道。

"我没有跟吉卜赛人一起走。"保罗说,"你们总是说我不要夸口我长大了会如何如何,所以我去了海利斯,想找一份工作。"

"你想在海利斯找工作?"阿曼德吃惊地问。

"你认识的那个滑稽的流浪汉说他们需要推车的人。"保罗提醒他说。

"你还太小,不能工作。"苏西说,"你必须像阿曼德先生一样,成了大人才能工作。"

阿曼德不自在地捻着胡须。

保罗看着他鞋上的铜制鞋尖儿。"他们所有的人都这么说。"他继续说道,"他们都取笑我,他们找出一辆装满箱子的大手推车,对我说如果我能推动它,我就能得到一份工作。"保罗用手指擦了擦眼睛。"我推啊推,可是我根本推不动,然后他们又都取笑我。"

阿曼德愤怒了。"他们太坏了!"他大声叫道,"明天早上我要去那儿,把他们全都吊在吊钩上。我要……"

他的话还没有说完,就看到警察又进来了,他心里暗暗吃惊。坏了,坏了,这一定和保罗去海利斯找工作有关。也许他们听到了这些流浪的孩子们的风声,警察要把他们带走。哎呀,这下完了,他们该跟吉卜赛人一起离开才对。

警察看上去有些疑惑。"院子里不是有吉卜赛人吗?"他问道。

"他们不得不突然离开。"阿曼德说,"听说他们在诺曼底的一个亲戚病了。"

"我想那个叫尼基的人也和他们一起离开了。"警察又说道。

"当然,"阿曼德说,"是他的亲戚病了。"

警察撅起嘴,摇摇头。"太糟糕了。"他说,"他去的钱包找到了,就在笑蛙餐馆的桌子下面。太糟糕了!"他从斗篷下面的口袋里掏出一个新的皮夹子来。"里面还有那张彩票中了昨天的奖。太糟糕了!太遗憾了!"

阿曼德的眼睛一亮。"我来替他保存这个夹子吧。"阿曼德提议道。警察用怀疑的眼神看着他。他用锐利的目光看着阿曼德那乱蓬蓬的胡子和破烂的衣服,然后又把钱包塞回他的斗篷里。

"除了失主之外,我不能把它交给任何人。"警察说道。

接着他就转身走开了,他边走边摇着脑袋,嘴里咕哝着:"太糟糕了!太糟糕了!"

阿曼德非常生气。"真是太糟糕了!"他咆哮道,"丢掉这么好的一个新钱夹子真是太倒霉了!"

"里面还有钱。"苏西说。

"还有那张幸运的彩票。"保罗补充道。

"呸!"阿曼德说,"尼基用这么多钱干什么呀?这会让他变坏的。但是谁都不愿意丢钱包,那个钱夹子,男人带着装零钱正合适。"

"现在我们怎么办呢?"苏西担忧地说,"这周之后我们就没有住的地方了。"

"妈妈会哭的。"伊夫琳严肃地说。

"要是我能推车该多好啊。"保罗说,"我这么卖力气。"

听了保罗的话,一种羞愧的感觉涌上阿曼德的心头。孩子们正用期求的目光注视着他。

他清了清嗓子说:"一切都会好的。"他还安慰他们说:"我要去找一份稳定的工作,我和你们的妈妈应该能挣到足够的钱,在克利希为你们租到那种房子。"

然后他被自己的大话吓坏了。他一屁股坐到地上,无力地倚在墙上。

第九章

开始新生活

最令凯尔西特夫人吃惊的是听说阿曼德打算去找一份稳定的工作。

"我不能让你那样做。"她说,"那是不公平的。"

一时间,阿曼德也觉得她说得有道理。他心想:是啊!在懒散了这么多年之后,我还能安下心去工作吗?可是这些孩子们眼巴巴地指望着他。

"这在巴黎会是最公平的事情。"虽然阿曼德自己心里也很矛盾,但他还是坚持说,"把我们的钱合在一起付房租,剩下的供我们吃饭。你给我做饭,给我一个角落住,苏西可以在地板上给我画出地方来。"

"可是你不必帮助我们。"凯尔西特夫人说,"我们与你并不沾亲带故。"

孩子们不同意妈妈的话。

"他是我们的爷爷!"苏西叫道。

"他是我们唯一的爷爷!"保罗说。

"爷爷,爷爷!"伊夫琳像唱歌一样叫着阿曼德。

"我只能为孩子们乞讨吗?"阿曼德向凯尔西特夫人问道,"跟你说实话,我开始为乞讨而感到羞耻,它夺走了一个男人的自尊。"

凯尔西特夫人只好让步,因为有这么多的反对者。

一旦她同意了,她就变得很实际。

"如果你打算找工作,"她说,"你必须看上去是个有身份的人。一个找工作的人得尽量注意自己的形象。"

"那我该怎么做呢?"阿曼德问。

"你先去洗个澡。"她告诉他。

"洗澡!"阿曼德因惊恐而大声说道,"这个时候洗澡?"

"因为帐篷靠近面包房的墙壁,所以里边很暖和。"她说,"我会给你烧一锅水,然后你可以在帐篷里好好洗个澡。"

"着了凉,我会死于肺炎的。"阿曼德说。

"你会焕然一新的。"她许诺说。

在阿曼德一个劲儿地找借口的同时,凯尔西特夫人把火生着,从街上的消火栓取来了水。"好了,现在去洗吧。"水烧好后她对他说,"你该用那条粉红色的肥皂了,我把它送给你,可不是让你吃的。"

阿曼德把水端进了帐篷,嘴里不停地抱怨着。"过

来,乔乔!"他对小狗喊道,"肥皂从我手里滑落时,你可要抓住它。"

"把你的衣服扔出来。"凯尔西特夫人在外面喊他,"我和苏西要用海绵揩去那些污点,我还要补那些小洞和撕破的地方。"

凯尔西特夫人去收拾阿曼德的旧衣服。她把他的衣服挂在篱笆上拍打灰尘。她和苏西尽力用海绵揩去上面的污点。

伊夫琳忙着用刷子刷他那顶破旧的贝雷帽。

"他可以穿他手推车里的另一双鞋。"保罗说,"我和吉卜赛人用铜片修好了他的鞋,会让他大吃一惊的。"

他们听见从帐篷里传来的呻吟声。接着他们听到乔乔在叫。

"噢,我不希望他和乔乔把热水溅到自己身上。"苏西说。"也许乔乔把那条漂亮的肥皂给吃了。"伊夫琳说。

令他们吃惊的是,一个奇怪的动物从帐篷里跑出来并跳到他们跟前,这是一个浑身湿漉漉的动物,但是很白。哇,是小狗乔乔,它看上去就像刚从涂料桶里爬出来似的。

小狗乔乔刚想在沙子里打滚,苏西就把它抓住了。"它是白色的,妈妈!"她惊叫道,"它真是一只白色的狗。"

苏西拿了一块干净的破布,把乔乔拽到火炉旁,然

后把它的毛擦干。现在它的长毛像鸭绒一样蓬松柔软了。

伊夫琳不停地问："乔乔在哪儿?我们的乔乔哪儿去了?"

保罗把阿曼德的衣服和鞋给他拿进去。当阿曼德从帐篷里出来的时候,他看上去像乔乔一样变了样。他的连鬓胡子像小狗的毛一样,柔软、蓬松。他的脸很湿润。

苏西对他下巴上的胡子很感兴趣。"我给你修剪一下胡子吧。"她提议说。

阿曼德顺从地坐在一个水泥台子上,苏西用妈妈的剪刀开始剪起来。她一点点地剪得很小心。

"中间的胡子没剪好。"她说,"所以我必须再剪两下。"她皱起眉,又剪了一些。她从一边挪到另一边,耐心地剪着。最后她觉得满意了。

"你看上去很有风度。"凯尔西特夫人夸奖道。

"就像个艺术家。"苏西羡慕地说。

"你不就是去海利斯找一份推车的工作吗,为什么还得这么打扮一番呢?"保罗问,"他们看上去可不是这个样子。"

"别说了!"阿曼德大叫道,"你们以为我会去找那种下贱的工作吗?"

"那你要去当警察吗?"伊夫琳问。

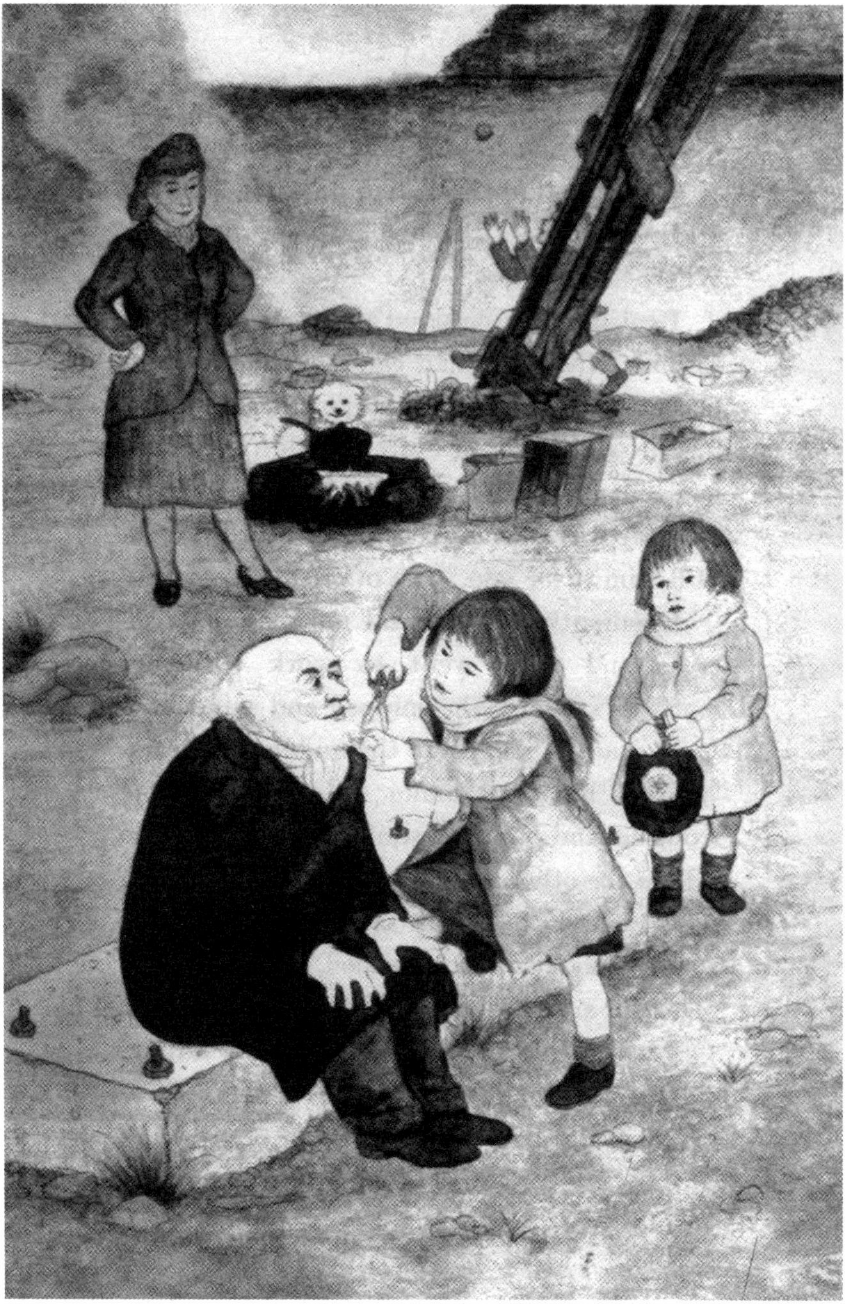

"不，那倒不会。"阿曼德回答说，"难道你不记得我的朋友圣诞老人说，有人正在找一个守夜的吗？那个工作适合我。白天休息，晚上在大楼周围走几圈，而且一旦我把乔乔训练好了，我甚至都不必出去。"

"可是我们晚上就看不到你了。"苏西失望地说，"也看不到你那漂亮的胡子了。"

阿曼德朝着出口走去的时候，听到这番话便笑了起来，然后他招呼乔乔："过来，宝贝儿！"他喊道，"这份工作也有你的一份。"

阿曼德朝着罗浮宫商店的方向慢慢走去。他的铜鞋底儿在鹅卵石路上和柏油路上丁当作响。他不想马上找到工作。天啊，不！他可能在最后一分钟改变主意。

"那么，寻找守夜的那个人叫什么名字呢？"他问乔乔，"哼！哼！卡米拉不会在那儿了吧。什么先生——什么先生来着？我想起来了。莱图尔！莱图尔先生！"

他加快了脚步。毛茸茸的小白狗在他后面又蹦又跳。

吕德里沃利这个熙熙攘攘的地方又热闹起来了。人们不是已经买过所有需要的东西了吗？圣诞节已经过去了。卖主们现在正在为出售新年的货物而叫卖。

阿曼德帮助乔乔走进那个商店引以为豪的玻璃门。他走到一个女售货员跟前。

"莱图尔先生在这儿吗?"他问。

"他现在在楼底夹层。"她回答说,"噢,不!他来了。莱图尔先生!莱图尔先生!"阿曼德转过身来,面对着那个傲慢的店铺巡视员。他的第一个想法就是抱起乔乔,再从玻璃门跑出去。然而这位傲慢的先生并没有认出他们来。

衣冠整洁的阿曼德不卑不亢地说:"先生,圣诞节期间,在这儿工作的卡米拉告诉我,你在寻找一个守夜的。"

莱图尔先生拍了拍脑门儿,试图想起这件事来。他不停地打量着阿曼德,一脸的疑惑。

"噢,是的,一位朋友想找个可靠的人照看他的大楼。"他答道,"可我以前在哪儿见过你吗?你看上去很面熟。"

"也许我们在音乐会上见过面吧。"阿曼德说,"你的朋友现在找到守夜的了吗?"

莱图尔先生一直盯着他看,后来他注意到了小狗乔乔。他的表情不再疑惑。"我想我现在想起来了。"他说,"那是在某个地方的狗展上见过你吧。"

"可能吧。"阿曼德答道,"乔乔已经在狗展上赢得了许多蓝丝带。只是那个工作……"

"啊,对,"店铺巡视员说,"我给你把地址写下来。那儿离这儿不远。你去找布鲁诺特先生吧!"

他从柜台上拿了一个小折叠袋,龙飞凤舞地写下了地址,然后把它交给了阿曼德。

"现在就去吕德洛佩拉吧。"他说。

还没等店铺巡视员往下想,阿曼德就把小折叠袋放进口袋里,急忙走出了商店。他穿过街道,走过法兰西剧院的连拱廊。这个剧院的墙壁和柱子都是脏兮兮的。他看着广场,梧桐树光秃秃的,两处喷泉都干了。

"这将是我在春天闲逛的好地方。"他对小狗乔乔说。他好像已经看见了绿色的树木,听见了喷泉的水声。

一个穿着裘皮大衣、戴着插有羽毛的帽子的女人,正牵着一只黑色的长卷毛狗,在通往吕德洛佩拉的路上散步。那狗穿着绿花格外套儿和皮面儿的毛线鞋。它停下来,闻了闻乔乔,好像在说:"我们在狗展上见过吗?"但是那个女人猛拉了一下拴狗的皮带。

阿曼德像绅士一样走到吕德洛佩拉。他的鞋几乎没有弄出一点儿声音。街道两边带有橱窗的豪华商店吸引着有钱的人们。在另一头有一个富丽堂皇的歌剧院,它那绿色的圆顶上有一些漂亮的雕塑。

阿曼德拿出小袋子看了看。然后他走到另一条街,这是一条狭窄、偏僻的街道,两边的商店都比吕德洛佩拉的商店差得多。

阿曼德仔细看了看袋子上的号码,他发现那个号码

与一扇破烂的木头拱门上的号码一致,他走进了一个铺着地砖、年久失修的院子,这个院子被三座大楼的空白墙围了起来。多年来,这些墙壁被补上了不同颜色的砖块。有一堵墙非常古老,歪歪斜斜的,所以用大木头支撑着。在大门对面,那堵较矮的墙被分隔成几个商店,这些商店比那些在狭窄街道上的商店还要糟糕。

离入口处不远,有一个墙上安着玻璃窗户的舒适的小房间。这时有两个男人从里面走了出来。一个走进一家卖旧收音机零件的商店,另一个戴眼镜的瘦男人走近了阿曼德。

"你能告诉我在哪儿可以找到布鲁诺特先生吗?"阿曼德边问边摘他的贝雷帽。

"你正在看着他。"男人幽默地说。

随后阿曼德就给他看袋子上写的字,并向他解释自己的来意。"我想做那份守夜的工作,先生,"他说,"如果这份工作还没有人干的话。我长着一双在黑夜里像猫一样的眼睛。"这个人纠正他的话说:"我们要的不是晚上守夜的人,而是一个管理者,知道吗?是一个给房客钥匙、发邮件、每天早晨清理垃圾箱的可靠的人。"

阿曼德眨了眨眼睛,他想,这个活儿与以前说的不太一样,听起来好像有些附带的工作。

布鲁诺特先生注意到了他的犹豫。"我们真的想要

一个有家的人。"

这句话使阿曼德想到了急需帮助的凯尔西特一家人。"噢,我有家,先生。"他说,"三个孩子和他们的母亲,你应该见见我的孙子和两个孙女。他们会把你的心偷走。"

这个男人看上去很高兴,他甚至还摸了摸小狗乔乔的耳朵。"还有一只狗。"他补充道。"你叫什么名字?"他问阿曼德。

"阿曼德·波里。"阿曼德毫不犹豫地答道,"我从来不是一个害怕工作的人。"

"工作不是很累。"布鲁诺特先生说,"但是它很拴人。正因为如此,前面的那个人不干了。"

"噢,我已经被我的家牢牢地拴住了。"阿曼德使他相信自己。

"不过,工资不高。"布鲁诺特先生补充说,"但这是因为这里不仅提供工作,还提供住的地方。"

"住的地方?"阿曼德为之一振。

"就通过这道门。"男人说道。他领着阿曼德走进这个舒适的小房间,走下几个台阶。他打开另一道门,继续说:"这儿有三个房间,当然房间不大,光线也不太好,但是并不潮湿,厨房里有自来水。"

他打开一盏昏暗的灯,阿曼德挨个看了看每个房

间,好像他对他家人住的地方特别关心。

墙上的油漆正在剥落,几件家具破破烂烂。厨房的炉子锈迹斑斑,地板上的亚麻油地毡已经开裂,而且褪了色。尽管阿曼德只是在四处打量,但他好像看到眼前这些房子变了样。

就像变魔术一样,墙壁粉刷一新,又小又高的窗户上挂上了带花边的窗帘。他小心翼翼地从地板上走过,生怕弄坏了取代地毡的编织地毯。

开裂的桌面铺上了花格布。苏西正坐在桌旁看书。当凯尔西特夫人站在火炉旁做汤的时候,火炉开始劈劈啪啪地响。伊夫琳正爬上高凳往窗外看,保罗正在院子里和乔乔玩。

"这墙壁和家具太不像样了,不像个家。"阿曼德告诉布鲁诺特先生,"这是一家人。"接着他又说,"莱图尔先生说他向你竭力推荐我。"

"从你的外表我能看出你是个认真、勤劳的人,波里。"布鲁诺特先生说,"这对我来说就足够了。你们明天能搬来吗?虽然留给你的时间不太多,但是我想过新年时休息一下。"

新年!明天晚上就是除夕了。凯尔西特一家人和他自己都要开始新的生活了。

"我们下午就能搬来,先生。"阿曼德说,"孩子们的

妈妈今天休息。我们也没有多少东西要搬。"

布鲁诺特先生告诉阿曼德他的职责。钥匙就挂在这间舒适的小屋里,它们是商店上面的房间钥匙,一定不要让房客把钥匙带走。晚上他必须把门关好,上好锁;早晨按时把门打开。也许凯尔西特夫人可以帮他管理好钥匙和房客。像这样的工作,有个女人是很必要的。这就是他为什么没有接受最近申请这份工作的另外两个人的原因。

噢,这倒是很适合凯尔西特夫人。现在她可以辞去洗衣店的工作,待在家里,照看她的孩子们和房客。她也可以用她的劳动挣点儿钱,这会使她很高兴的。

阿曼德和主人握手告别。当他转身要走的时候,阿曼德注意到墙角那棵紫藤缠绕的树干。春天来了,紫藤将会鲜花盛开,遮住那丑陋的、掉了色的墙面。到时候整个院子会成为一个大花园。

最后他往回返了,路还很远,凯尔西特一家人都在那儿等他。乔乔跟在他后面,高兴地叫着,好像它也看到了未来的房子和院子的样子。

阿曼德轻快地走着。他仰着头,就连胡子也向前翘起。他穿着那件补过的外套儿,挺起了胸膛。他再也不是流浪汉了。他是巴黎的一个有工作的人了。

雾中的明灯

王 蓓/书评人

在冬日的寒风里,我再次阅读了一遍美国作家纳塔莉·萨维奇·卡尔森获纽伯瑞儿童文学奖银奖的名作《桥下一家人》。读的时候,不禁想到了在街头曾遇到过的一些流浪的孩子,如果他们能读到这样一本书,褴褛衣衫包裹的心中也会生出一些诗意和希望吧。

这个故事描述了贫穷和贫穷中的爱与温暖。故事同样发生在冬日的寒风里。上了年纪的老流浪汉阿曼德以巴黎的一座桥底为家,他有一些同样贫穷的朋友:在商店里扮演圣诞老人的卡米拉以及吉卜赛人米勒里一家等等。据他自己说,他"受不了孩子","他们像八哥儿似的,愚昧无知,喊喊喳喳,

令人厌烦"。可一天傍晚他回到桥下的时候,发现自己的住处被几个孩子占据了。

这几个孩子和他们的妈妈组成了凯尔西特一家。妈妈对"一家人"的看重给了贫穷中的孩子们很大的信心。阿曼德没有赶他们走,这倒并不是因为女孩苏西握着拳头的喊话,而是阿曼德的心其实很柔软很善良。就像他的吉卜赛朋友米勒里说的那样,机灵的小家伙们很容易就能偷走他的心。就这样他们共同拥有了桥下的家,开始了共同的生活。白天,苏西的妈妈去上班,阿曼德就带着孩子们去看"圣诞老人",看街上布置得漂漂亮亮的橱窗,看浓浓的节日气氛笼罩着整个巴黎:圣诞节快到了!阿曼德在不知不觉中也成为了这一家的一分子。然而不幸的是,他们失去了桥下这个居住地。在找不到其他住处的情况下,他们只有接受米勒的邀请,借住在吉卜赛营地。在这里孩子们很快活,他们和吉卜赛男孩女孩一起玩耍,可观念传统的妈妈却担心自己的孩子被吉卜赛人影响。况且谁都知道,吉卜赛人是流浪者,当他们离开的时候,这桥下的一家人又该何去何从?面对苏西妈妈的担忧、吉卜赛人的离去以及孩子们往后的生活保障,阿曼德终于做出了决定:寻找一份工作——这是他以前绝对绝对不会有的想法。阿曼德的心早已被"小八哥儿"们牢牢抓住了!故事的结尾,阿曼德找到了一份提供住

处的工作,这一家人终于有了一个稳定的住所。

最后他往回返了,路还很远,凯尔西特一家人都在那儿等他。乔乔跟在他后面,高兴地叫着,好像它也看到了未来的房子和院子的样子。

阿曼德轻快地走着。他仰着头,就连胡子也向前翘起。他穿着那件补过的外套儿,挺起了胸膛。他再也不是流浪汉了。他是巴黎的一个有工作的人了。

人与人之间由彼此戒备到彼此了解,再到坦诚相待;相互间的帮助、扶持使得贫穷不再那么可怕,使得希望渐渐清晰。更令人欣喜的是,书中的一些描写总是能让人相信诗意、幸福是与贫穷苦难同在的。

阿曼德在饿肚子的时候也不忘捡起落在地上的花儿,"他把碎树枝放在手推车里的东西上面,然后小心翼翼地从垃圾堆里挑了一根干冬青枝,把它插在撕裂的扣眼儿里";第一次相遇后,苏西把桥下的地方分成两份,用一块烟煤画成长方形:"'这是你的地方。'她说,'你可以和我们住在一起。'她又考虑了考虑,在长方形的下面草草地画了一个小正方形,然后一本正经地说:'这儿有一个小窗户,你可以把头伸到窗外,看到那条河。'"多么浪漫啊!贫穷和苦难并没有使她那晶莹剔透的童心蒙上

尘埃,不是吗?

　　读着这些语句,我不禁对自己的生活态度反省起来。温情、浪漫、希望,人与人之间的真诚,生活中不经意的小小的又几乎是无处不在的惊喜,你发现了吗?它们不是不在啊,只是你的眼睛穿越不了面前的一层雾。

　　儿童的阅读会渗透进他们的心灵,他们的感动、快乐和恍然大悟都会伴随着他们的一生。我相信这样一本书会成为一盏蓝色的灯,永远亮在生命的雾中。而且,作为一本优秀的童书,它不仅仅是给儿童的,更是给所有人的。一个已经走出童年的人走进这本书,你得到的愉悦和产生的思考也将受用终身。